W0310749

LES OMBRES FILANTES

ÉDITIONS LA PEUPLADE
339b, rue Racine Est
Saguenay (Québec)
Canada G7H 1S8
www.lapeuplade.com

DISTRIBUTION POUR LE CANADA
Diffusion Dimedia

DIFFUSION ET DISTRIBUTION POUR L'EUROPE
CDE-SODIS

DÉPÔTS LÉGAUX
Bibliothèque et Archives
nationales du Québec, 2021
Bibliothèque et Archives
Canada, 2021

ISBN 978-2-925141-00-6

•

Les Éditions La Peuplade reconnaissent l'aide financière du gouvernement du Canada pour ses activités d'édition et remercient le Conseil des arts du Canada, la Société de développement des entreprises culturelles du Québec (SODEC) et le gouvernement du Québec, par l'entremise du Programme de crédit d'impôt pour l'édition de livres du Québec (gestion SODEC), du soutien accordé à son programme de publication.

Financé par le gouvernement du Canada | Canada

LES OMBRES FILANTES

Christian Guay-Poliquin

LA PEUPLADE **ROMAN**

à Huguette
et tous les siens,

Voici la porte, voici le grand air. *Itur in antiquam silvam*[1].

— ROBERT LOUIS STEVENSON

1. Phrase reprise de L'*Énéide* de Virgile : « Il est allé dans l'antique forêt. »

Elle est le commencement et la fin. Elle précède les regards, elle leur succédera. Elle est l'épicentre, le nœud, le refuge et la geôle. Elle fascine autant qu'elle effraie. Sous sa chape, les rencontres sont rares et décisives. Le temps est sa force vive. Son désordre ensorcelle, ses ombres se confondent, ses murmures fusent de toutes parts. Elle est l'envers de ce qui pense. Elle est l'instinct, le geste, le frisson. Toutes les âmes rêvent de s'y perdre. Mais aucun être ne sort indemne de son étreinte. Elle est la solution la plus simple, la plus totale, la plus opaque aux calculs des cœurs inquiets.

LA FORÊT

APRÈS-MIDI

Quelque chose vient de me tirer de mon sommeil. Je refuse d'ouvrir les yeux. Pas encore, pas tout de suite. J'ignore combien de temps j'ai pu dormir adossé à cette vieille souche. Une heure, peut-être deux. À part une corneille qui graille au loin et les feuilles des peupliers qui bruissent dans la brise, la forêt est silencieuse.

J'écarte les paupières et suis ébloui par les fougères nombreuses, fuselées, luminescentes. Dans cette étendue sans fin, des arbres immenses se lancent à l'assaut du ciel. L'écorce craquelée de leurs troncs est couverte de lichens. Le labyrinthe de leurs branches découpe la végétation en mosaïque.

Une odeur de fauve flotte dans l'air. Je redresse la tête lentement et tressaute. Devant moi, tout près, juste là, un loup me guette. Ses yeux jaunes, sa stature et son pelage ombrageux appartiennent à un autre monde. Je veux me lever et déguerpir, mais les vertèbres de mon dos sont soudées les unes aux autres. Je n'ai jamais vu de bête aussi immobile et aussi puissante à la fois.

Quand je parviens à me relever, le loup recule de quelques pas, me jauge puis se repositionne au même endroit. Ma vieille blessure au genou m'élance. Je jette un coup d'œil par-dessus mon épaule. Entre le brun et le roux des branchages, je repère deux autres silhouettes qui se faufilent sans bruit. Mon sang s'épaissit. Je suis encerclé. Soit ils s'apprêtent à fondre sur moi, soit ils hésitent à la vue de mon corps maigre et sec. Je lance un cri pour les effrayer. Ma voix casse. Le loup qui me fait face, sursaute, attend puis lève le museau pour humer l'air. Sans le quitter du regard, je me penche et mets la main sur mon sac, mes bâtons, mes vieilles bottes.

Je m'éloigne lentement, très lentement, pieds nus dans les feuilles mortes. À peine ai-je fait quelques pas que je n'arrive plus à distinguer les bêtes de l'entrelacs des broussailles. J'accélère et m'enfonce à toute allure dans la forêt. Des brindilles cassent sous mon poids et me piquent sous la plante des pieds. Je m'empêtre dans des taillis, vacille et manque de tomber en butant sur une racine. Une douleur aigüe traverse mon genou meurtri. Je serre les dents et boite jusqu'à un talus derrière lequel je me dissimule tant bien que mal, haletant et en sueur. Je scrute les alentours, désorienté. La forêt se resserre. Les ombres se déploient. Mon cœur s'emballe. Chaque buisson cache un regard perçant, un mouvement furtif, un piège.

Je reste aux aguets un moment, en proie à mon imagination. Je retrouve mon souffle à mesure que mes idées s'éclaircissent. Alors je me secoue et, les mains tremblantes, je remets mes bottes comme si je n'allais plus jamais les enlever.

MI-JOURNÉE

Mes hanches craquent. Mes orteils sont endoloris. Les sangles de mon sac me triturent les épaules. Mon genou me fait souffrir sans répit. Mais le corps est une machine redoutable. Chaque jour, je m'agrippe à mes bâtons, je passe sous des dômes verdoyants, je franchis des ruisseaux et j'enjambe des arbres tombés. Chaque jour, je m'enfonce un peu plus profondément dans ce réseau de galeries, de nervures et de reliefs. Et j'essaie d'éviter les rencontres.

Depuis ce matin, je longe un sentier sinueux, tracé par le passage des animaux. Les pierres sont saillantes, les racines, noueuses, et mon barda est lourd et encombrant. Je chemine comme je le peux, un pas à la fois, avec l'entêtement des bêtes de somme.

Quand le soleil est perché au-dessus de ma tête et que mon estomac gargouille, je fais une pause au sommet d'une butte. Je grignote une poignée de fruits séchés en tentant une fois de plus de déterminer depuis combien de jours je suis parti. Dix ? Douze ? Le temps m'échappe. Le décor se renouvelle. Les distances se dilatent. Je regarde autour de moi. Il y a une éclaircie en contrebas. Je remets mon sac sur mes épaules, m'y rends et tombe sur un chemin de terre.

Je reste sur mes gardes. Les mouches noires me tournent autour. D'un côté, la route grimpe à flanc de montagne. De l'autre, elle descend progressivement et disparaît au bout d'une courbe. Alors que je prends une gorgée d'eau, le battement d'ailes d'une perdrix me fait sursauter. Je fais quelques pas de travers et sors du couvert des arbres.

Mes yeux s'habituent progressivement à la clarté soudaine tandis que le soleil embrase ma nuque. L'air est chaud et sec. Des gravillons roulent sous mes semelles. Mes pas résonnent entre les parois vertes de la forêt. Ici et là, des herbes rampent pour s'emparer des accotements et de profonds sillons ont été creusés par les pluies et la fonte des neiges. Le manque d'entretien finira par rendre les routes impraticables. Et d'ici quelques saisons, la végétation aura repris tout ce qu'on lui a enlevé.

Un roulement sourd vient ébranler ma tranquillité. Un véhicule s'en vient. Les claquements du moteur se rapprochent. Je traverse la route rapidement, m'embourbe dans l'eau vaseuse du fossé et regagne la pénombre de la forêt.

Je me dissimule derrière un bosquet, accroupi dans les feuilles mortes. Une fourgonnette arrive, ses amortisseurs clinquent et son échappement fuit. Elle passe, soulève un nuage de poussière qui brouille la frontière entre la terre et le ciel, puis s'éloigne en cahotant.

Depuis la panne, le sol ne tremble plus sous les chargements de bois des semi-remorques, mais il y a encore beaucoup de circulation en forêt. Il y a ceux et celles qui se sont réfugiés dans leurs chalets ou leurs camps de chasse. Aussi ceux et celles qui tentent de s'établir quelque part, loin des agglomérations et des routes nationales. Partout, les gens se méfient, les gens calculent, les gens sont armés. Le reste ne tient qu'à un fil. C'est pour cela que je préfère les abîmes de la forêt aux rencontres hasardeuses qu'on peut faire sur les chemins forestiers.

Lorsque le soir gagne les sous-bois, j'approche d'un étang. Le chant des grenouilles déborde partout aux alentours. Sous le manteau noir de quelques conifères, je remarque une petite construction. De crainte qu'on me repère, je me dissimule derrière un rideau de quenouilles. Les moustiques m'assaillent. Les lucioles clignotent. Des petites bêtes filent dans les buissons. Autrement, aucun signe de vie. C'est mon jour de chance, la cabane est déserte. Je m'approche et gravis les marches limoneuses du perron. Alertées par le bruit de mes pas, les grenouilles se taisent.

La porte est fermée à clé. Je parviens à l'ouvrir de l'intérieur en passant un bras par la fenêtre. Les pentures grincent sur leurs gonds. Je sors ma lampe de poche. Il règne un ordre surprenant dans la cabane. La vaisselle est empilée sur les tablettes. Le lit est fait avec soin. Trois bouteilles vides avec des chandelles font le guet sur le rebord de la fenêtre. Je les allume. Une lumière cuivrée se répand dans la pièce. Une mince couche de poussière brille partout où mon regard se pose. Je remarque une paire de bottes au pied du lit. Même si elle semble être là depuis longtemps déjà, je fronce les sourcils et je remets le loquet de la porte. Dehors, les coassements ont repris.

Je fouille dans les armoires et trouve du thé, un pot de beurre d'arachide, une conserve de viande en sauce et une autre d'ananas. J'engloutis tout ce que je peux, me dévêtis et m'assois sur le lit, fourbu. Mon cœur cogne dans mon genou enflé, mes pieds empestent et les plaies sur mes clavicules sont suintantes.

Je suis encore trop chargé. Je m'affaisse à mesure que j'avance. Je regarde mon sac qui gît par terre comme un cheval mort. Je voudrais l'éventrer dans l'espoir de l'alléger encore. Mais je me suis délesté de tant de choses déjà. Ma fronde, ma longue-vue, mes vêtements de rechange. Mis à part ma carte, ma boussole, ma bâche et mon sac de couchage, je ne traîne plus que de la nourriture et de l'eau. Et cela me pèse tout en me permettant d'espérer.

Je me laisse choir à la renverse sur le lit. Sa surface moelleuse semble faire partie du monde des rêves. Étendu de tout mon long, j'observe les chandelles danser avant qu'elles ne s'étranglent dans le goulot des bouteilles, puis je sombre dans un sommeil embroussaillé, rempli de lianes, de fougères et de silhouettes nocturnes.

SEPT HEURES QUINZE

Le lendemain matin, j'ouvre les yeux en me demandant où je me trouve, étonné de ne pas être entouré d'arbres et de plantes. Je me replace et en profite pour me faire un thé sur le réchaud au gaz. Je le savoure même s'il est insipide et étale ma carte sur la table.

La mer et les villages côtiers brillent en haut, vers l'Est, près de la légende. Quelques lignes rouges s'enfoncent dans les terres. Ce sont les routes qui mènent au Parc. Autour, les chemins forestiers sont désignés par des pointillés. Ils filent dans le creux des vallées et grimpent en épingle vers les zones de coupe. Les constellations de points noirs indiquent les hameaux isolés et des signes d'herbes hautes délimitent les zones marécageuses. Sinon, le reste, tout le reste, c'est de la forêt.

Mon doigt glisse sur les lignes de dénivellation, traverse les plateaux, croise plusieurs plans d'eau, franchit les montagnes et les ravins interminables du Parc puis s'arrête sur le X tracé au crayon de plomb, dans le méandre d'une rivière. Là où a été construit le camp de chasse de ma famille.

Pour m'y rendre, je pensais en avoir pour deux semaines, trois tout au plus. Mes calculs étaient complètement farfelus. Ma lenteur est spectaculaire. Mes détours se multiplient. Je ne suis plus en mesure d'envisager quoi que ce soit. J'avance, chaque jour j'avance, c'est tout ce qui compte.

En rassemblant mes affaires, j'aperçois une montre sur le coin d'une étagère. C'est une vieille montre à aiguilles. Elle fonctionne toujours. Il est sept heures quinze. Je lorgne les bottes près du lit, mais elles semblent une ou deux tailles trop petites pour moi. Je paquette mon sac, me glisse sous son poids, saisis mes bâtons et reprends mon chemin, la montre au poignet.

Je marche à un bon rythme malgré mon genou. Au-dessus de ma tête, les feuilles se tordent vers le soleil. Les oiseaux s'égaient à travers les branchages. Leurs gazouillis se greffent les uns aux autres et la clameur devient assourdissante. Je m'étonne encore à quel point le silence et l'immobilité de l'hiver n'ont plus aucune prise sur le monde.

En après-midi, le temps devient chaud et humide. Mes vêtements collent à ma peau. La forêt est dense et je suis à la recherche d'un point d'eau pour remplir ma gourde. Au pied d'une pente, le maillage des arbres se relâche. Je pense y découvrir une rivière, mais je débouche sur une aire entièrement dégagée où se dressent les pylônes d'une ligne à haute tension. Leur ossature frêle leur donne des airs d'épouvantails de verre montés sur des échasses. J'imagine qu'ils relient les éoliennes de la côte au sud du pays. Les câbles qu'ils tiennent dessinent de lourdes ondulations dans le ciel. À leur pied, la forêt a été rasée. Les repousses sont nombreuses et difformes, mais elles n'arrivent pas à leurs chevilles. Je profite un instant de la brise qui souffle dans cet espace ouvert. En temps normal, on entendrait une espèce de grésillement. Le bruit étrange et familier du courant. Mais là, rien. Que le sifflement de l'air du soir sur le corps anguleux de ces monstres métalliques.

Des nuages s'amoncellent dans le contrefort des montagnes. Le tonnerre effectue déjà quelques roulements de tambour. Je passe sous les pylônes en pressant le pas et replonge dans la forêt. Il est cinq heures trente. Ce soir, il me faudra trouver un abri. Il y aura des orages.

Des orages électriques.

VINGT-ET-UNE HEURES DIX

Le vent se lève, le ciel se couvre, la nuit est sans appel. J'avance sur un chemin de traverse délimité par de profonds sillons. Les bourrasques secouent les arbres du revers de la main. Des feuilles tourbillonnent dans le faisceau timide de ma lampe frontale. Quand les premières gouttes de pluie s'abattent au sol, je lorgne les abords du bois à la recherche d'un endroit où étendre ma bâche.

Un éclair découpe la forêt en noir et blanc. À travers ce jeu d'ombres enchevêtrées, j'entrevois quelque chose qui miroite. Je presse le pas. Le ciel gronde. Un peu plus loin, je me retrouve devant la silhouette anguleuse d'une abatteuse forestière avec ses immenses roues à chaînes, son long bras articulé et sa cabine vitrée.

La portière est verrouillée. Vite, je saisis une pierre, fais sauter la poignée et me réfugie à l'intérieur. Il était moins une.

Je dépose mon sac et m'affale sur le siège, soulagé d'être à couvert. La pluie s'intensifie et martèle bruyamment la tôle de l'habitacle. La foudre zèbre le ciel.

Le tableau de bord apparaît devant moi avec ses leviers, ses cadrans, ses commutateurs.

Pendant des années, tellement d'années, j'ai réparé, rafistolé, réanimé des voitures, des tracteurs, des camions-bennes. Toute ma vie tournait autour de la mécanique. Les éclairs se succèdent comme des éclats de souvenirs et l'abatteuse forestière est animée de soubresauts comme si elle allait reprendre vie.

Avec ma frontale, j'examine les reliques qui traînent dans la cabine. Parmi les papiers épars, les gobelets à café et les emballages en plastique, je déniche un paquet de réglisses. Elles sont sèches et coriaces. On dirait du vieux cuir. Je déchiquette des morceaux en tirant avec mes dents et mastique longuement chaque bouchée.

Je jette un coup d'œil dans le rétroviseur. Mes cheveux et ma barbe ont poussé et s'emparent progressivement de mon visage terreux. Mon regard résolu est bercé par des cernes creux. J'esquisse un sourire jaunâtre et reconnais les pattes d'oie sur le bord de mes yeux. Celles qu'on a tous dans la famille. J'éteins ma lampe et écoute la pluie s'abattre sur le décor.

La foudre illumine à répétition le ventre ténébreux des nuages, la tête échevelée des arbres et les veines d'eau qui ondulent sur le sol. Dans cette lumière stroboscopique, je discerne avec étonnement quelques silhouettes qui avancent tête baissée sur le chemin boueux. Leurs imperméables reluisent en battant au vent. J'essuie la buée sur la vitre et écarquille les yeux en me demandant ce qu'ils font là. Lorsque le ciel s'embrase à nouveau et que le tonnerre ébranle la terre, j'ai beau chercher partout : le petit convoi a déjà disparu.

La tempête s'acharne encore un temps, se lasse et s'éloigne en grommelant. Le silence sort de son repaire et recommence à arpenter la nuit. Je me tourne d'un côté puis de l'autre, mais je ne parviens pas à m'endormir.

Il y a une radio intégrée au tableau de bord. Je me laisse griser par l'idée d'entendre les nouvelles, quelques chansons ou même un bulletin météo. Je me ressaisis. Il est bientôt vingt-trois heures. Je suis dans la cabine d'un engin qui n'a pas bougé depuis des mois, ses batteries sont à plat et, d'une manière ou d'une autre, cela fait longtemps que toutes les stations du pays se sont tues.

Je finis par somnoler en écoutant les mulots s'activer dans les conduits de ventilation. Dans mon sommeil, je les entends gruger de l'intérieur ce monstre d'acier pour faire leur nid et assurer la succession des règnes.

SIX HEURES VINGT-CINQ

Je me remets en marche dès que les premières lueurs épongent la nuit. Mes pieds s'enfoncent dans la vase du sentier. Ici et là, au travers des filets d'eau, des cailloux et des branches cassées, je tente de repérer les traces du groupe de marcheurs nocturnes. Mais la pluie a tout délavé. En revanche, mes empreintes sont fraîches et bien visibles. Ce sont celles d'un homme seul, qui marche le regard au sol en s'appuyant lourdement sur ses bâtons.

Un peu plus loin, le sentier débouche sur des coupes forestières encore quadrillées par le sillage des machines. Malgré l'aspect désolé des lieux, de jeunes pousses saillent un peu partout. Le vert éclatant des tiges et des feuilles contraste avec le gris des souches pourrissantes et la boue des ornières. L'air sent la terre humide. Je m'arrête pour manger une poignée de fruits séchés. Aussitôt, un nuage de moustiques fond sur moi. Je consulte ma carte en tentant vainement de les chasser. Il y a une rivière à quelques kilomètres. Je n'ai pas le choix, je vais devoir rejoindre la route et emprunter le pont. Un écureuil gravit un tronc ébréché, se poste à ma hauteur, lorgne ma nourriture, puis me dévisage. Je l'effraie d'un geste nerveux. Il disparaît dans les taillis et resurgit sur ma droite. Il m'adresse une série de cris stridents m'indiquant que je serai toujours un étranger en ces contrées.

Je tape un moustique sur ma joue, ramasse mes choses et pars en clopinant. La journée s'annonce cuisante. Un voile d'humidité fait tanguer le paysage. Au-dessus de la basse végétation du bûcher, le mirage de l'horizon est à portée de main. Mais je n'y crois pas.

Après quelques heures de marche à travers l'immense zone de coupes parsemée de chicots, j'atteins le chemin de terre. Je m'y aventure prudemment et parviens à une intersection bordée d'herbes et de ronces. Il y a des écriteaux sur plusieurs troncs d'arbres. Certains sont là depuis longtemps, rongés par les saisons et entamés par la mousse. *Chasseurs à l'affût. Zone de coupes C-28. Pont de fer 4 km.* Mais il y a aussi des pancartes plus récentes avec des couleurs franches, des adresses et des flèches. *Famille Pellerin, rendez-vous au chalet. Secteur de la Coulée, passage interdit. Mon ange, nous sommes au lac de l'Ours.*

Je prends la direction du pont en restant vigilant. Des traces de pneus marquent la peau grasse du chemin. L'image du petit convoi sous l'orage me revient en tête. Peut-être ont-ils raison et qu'il vaut mieux se terrer le jour pour cheminer la nuit. En atteignant le haut d'une montée, je sourcille à la vue d'une voiture immobilisée. Je fais quelques pas de côté, prêt à disparaître dans le feuillage au moindre mouvement. Mais rien ne bouge hormis quelques oiseaux qui piaillent dans les branches. Je me dirige vers le véhicule. Mes épaules se relâchent quand je vois ses pneus à plat, l'épaisse couche de poussière sur sa carrosserie et les feuilles mortes coincées sous ses essuie-glaces. C'est un modèle hybride assez récent avec un écran de bord numérique et des commandes électroniques. Pas étonnant qu'il soit tombé en panne. La vitre du côté conducteur est défoncée. Je jette un coup d'œil à l'intérieur. À part un siège d'appoint et quelques vêtements d'enfant à l'arrière, il n'y a que des contenants vides, des sacs en tissu et de vieux journaux. Je me penche, curieux de voir les grands titres. *Le gouvernement divisé. Les interruptions se poursuivent. L'armée a été mobilisée pour venir en aide à la population.* Soudain, quelque chose bourdonne près de mon flanc et une vive sensation de brûlure me fait tressaillir. Je lâche un cri en écrasant l'insecte et recule de quelques pas. Un essaim de guêpes gronde dans l'habitacle. Pris en chasse par plusieurs d'entre elles, je détale à pleines foulées en faisant de grands mouvements désarticulés.

Je m'arrête plus loin, beaucoup plus loin, hébété et à bout de souffle. Je jette mon sac à dos par terre et retire mon chandail. Mes piqûres sont enflées et douloureuses. Trois sur les bras, une dans la nuque, le reste sur le torse. Je les asperge d'eau en espérant les apaiser, mais cela ne change rien. Je m'assois sur mon paquetage et laisse la douleur me traverser sachant qu'elle finira par s'estomper lentement.

Je reprends mon chemin une vingtaine de minutes plus tard le long de cette route qui fend la masse opaque des arbres. Plus bas, sous un ciel clair, bleu et dur, j'aperçois la dorsale squelettique du pont de fer.

Le pont s'étire entre les deux rives, soutenu par des poutres d'acier entrecroisées. La structure est bien attaquée par la rouille. Sous le soleil, sa teinte roussâtre contraste avec le noir des épinettes. En m'approchant, je constate qu'un gros tronc d'arbre entrave l'accès. Je me replie derrière un buisson. C'est peut-être un barrage. J'attends en écoutant le grondement puissant de la rivière. La journée avance, des fourmis montent sur mes jambes, tout semble tranquille. J'y vais.

Au moment où je me lance, un pick-up arrive derrière moi. J'ai à peine le temps de replonger dans les fourrés. Je serre mon sac entre mes bras et retiens ma respiration. On m'a vu c'est certain. Pourtant l'engin passe et file vers le pont. Je l'entends ralentir pour s'arrêter devant le tronc en travers du chemin. Je relève la tête. Trois types débarquent de la boîte arrière. L'un d'entre eux s'avance vers l'habitacle et échange quelques mots avec le conducteur. Il gesticule en pointant l'obstacle. Pendant ce temps, les autres examinent les alentours. Le conducteur jure et frappe le volant.

Les autres remontent à l'arrière du pick-up. Ils font demi-tour et repassent devant moi en trombe. Les pistons claquent furieusement dans leurs cylindres. Puis le bruit faiblit, se dissipe et succombe à la touffeur de la forêt.

Je me hasarde hors de ma cachette, avance sur la route et enjambe l'impressionnant billot. Il est solidement attaché au tablier du pont par des chaînes cadenassées. Je m'assure qu'il ne s'agit pas d'un guet-apens puis m'empresse de passer. Sous moi, l'eau brune est écumante. En amont, les berges sont affaissées dans le lit défait de la rivière et des arbres déracinés gisent sur les hauts fonds. En aval, tout est emporté vers la mer. Le bourdonnement des remous est si puissant que quelqu'un pourrait crier mon nom sans que je l'entende.

Je gagne l'autre rive, rassuré par la consistance du sol sur lequel je mets les pieds. Je m'éloigne du rugissement de la rivière, quitte enfin le chemin de terre et retrouve avec soulagement le murmure familier des sous-bois.

QUATORZE HEURES QUARANTE-CINQ

Depuis de longues heures déjà, je marche en écoutant le tintement métallique de ma gourde vide qui se balance accrochée à mon sac. L'après-midi est collant. Ma bouche est pâteuse. J'ai soif. J'ai soif et je n'arrive pas à penser à autre chose. J'aurais dû remplir ma gourde hier, à la rivière. Je parcours une pinède interminable et chacun de mes pas fait bruire le tapis d'aiguilles rousses et sèches qui recouvrent le sol. La seule eau à ma portée pour l'instant est la sueur qui coule le long de mon visage.

La forêt change progressivement d'aspect. Quelques rochers pointent à certains endroits. Les pins cèdent la place aux feuillus, les parfums de résine chauffée au soleil s'estompent et, rapidement, je tombe sur une petite source qui se fraie un passage entre les mains jointes des racines. Je m'abreuve en collant directement ma bouche au filet d'eau froide. Mon corps se détend. Je me sens revivre. Je remplis ma gourde, palpe mon genou et repars.

La lumière de l'après-midi est chatoyante, la forêt s'ouvre devant moi et j'avance d'un bon pas. Je m'arrête dans mon élan lorsque des éclats de voix me parviennent, étouffés par la distance. Je poursuis prudemment, prêt à me terrer à chaque pas et bute sur un monticule de gravats couvert de chiendent. Les voix se précisent, mais elles se confondent avec les cris geignards des corneilles qui survolent les environs. J'hésite longuement avant de céder à la curiosité. Je laisse mon sac derrière une pierre et grimpe la pente en me cramponnant aux buissons.

En haut, il y a un terrain vague avec au milieu un immense trou rempli de déchets, de rebuts, de ferrailles. C'est un dépotoir. Il ne figure pourtant pas sur ma carte. Comme tant d'autres probablement. Depuis qu'elles ne brûlent plus leurs déchets, les grandes villes du pays ont toujours envoyé leurs ordures en forêt, dans des sites d'enfouissement à l'abri des regards.

Ils sont près d'une dizaine d'hommes et de femmes affairés dans la fosse, parmi les sacs plastique, les meubles en morceaux et les débris multicolores. Je m'avance entre des carcasses de voitures et une rangée d'électroménagers pour observer la scène sans être vu. Ils creusent dans les détritus, éventrent les sacs et récupèrent toutes sortes d'objets. Autour d'eux les corneilles criaillent et se gavent dans ces reliquats retournés. La majorité du groupe a le nez et la bouche couverts par un foulard. Des bribes de conversation arrivent jusqu'à moi, mais je ne réussis pas à les décoder. De temps à autre, un éclat de rire fuse dans les airs. Ils entassent leurs trouvailles dans la remorque d'une fourgonnette et la boîte d'un vieux pick-up. Des matelas et des meubles ont été attachés sur leurs toits. Adossé à l'un des véhicules, un type armé scrute l'orée du bois, une cigarette au bec. Il guette probablement les ours.

Je considère l'étendue du dépotoir. Même si depuis la panne aucun camion n'est venu déverser son chargement ici, tout grouille encore de mouches, de rongeurs et de charognards.

Je remarque deux autres silhouettes qui fouillent les immondices, en retrait. Un homme et un enfant. Je les regarde entasser leurs découvertes dans un chariot de supermarché. Ils se consultent en jetant un coup d'œil au petit fatras d'objets, puis ils rejoignent la route vers le sud en poussant leur charrette dans la poussière. Ils marchent d'un pas lent et résigné. Mais au moins ils sont deux.

Je me retire lentement, à reculons, mais je trébuche sur une vieille tôle qui clinque bruyamment. Le silence qui suit m'effraie. Je me retourne et une balle siffle tout près de moi avant de ricocher derrière. Mon cœur s'emballe. Le bruit de la détonation résonne dans la carrière. Je me jette par terre, dévale la pente en rampant, attrape mon sac et file en vitesse comme une bête apeurée. Je m'arrête pour reprendre mon souffle et m'assure de n'avoir pas été atteint par le projectile. Les cartilages de mon genou me font souffrir. Les ampoules sur mes pieds ont éclaté durant ma course. Ébranlé, je m'affaisse sur l'humus odorant qui recouvre le sol.

Depuis la panne, tout a changé, mais les lois de la forêt perdurent. Soit on se montre pour défendre son territoire, soit on courbe l'échine et on passe son chemin.

VINGT HEURES CINQ

Je suis un sentier de quatre-roues qui contourne un lot en friche. Des épinettes pointent timidement à travers la jungle des jeunes feuillus avides. Ce sont des têtes sombres, alignées en rangées interminables par les équipes de reboisement.

En fin de journée, je me trouve nez à nez avec un faon, encore tacheté de points blancs. Surpris, il disparaît en quelques bonds. Au même moment, je discerne un mirador de chasse perché sur des échafauds métalliques. Je me dissimule derrière un bouquet de feuillus et patiente en craignant de voir apparaître l'âme d'un canon et de me faire tirer dessus une fois de plus. Il ne se passe rien. Je sors de ma cachette et avance avec circonspection. L'endroit est désert. Je grimpe dans l'échelle. Le petit abri est dans un piteux état, mais la membrane du toit a tenu le coup. Sur la tablette de la fenêtre, il y a un cendrier rempli de mégots, un cahier de mots-croisés gonflé par l'humidité, une boîte de barres tendres. Merveilleux. Je dépose mon sac, mets la chaise pliante de côté et, avec un bout de carton, je balaie le sol constellé de mouches. Je m'assois et m'adosse au mur en contreplaqué. Je tente d'ouvrir le cahier, mais la moisissure a soudé les pages ensemble. Je fume un restant de cigarette bien choisi en écoutant les bruissements du crépuscule. La fumée tourbillonne dans mes poumons et s'échappe de ma bouche en volutes. J'ai des haut-le-cœur goudronneux, mais c'est bon pareil. Je laisse le vertige me prendre dans ses bras et me faire tourner avec lui.

Quelque part dans le bois, des hurlements retentissent. La nuit se fige alors que les cris se rapprochent. Ce sont des loups. Ils doivent être sur les traces du jeune faon. Dans les hautes herbes qui entourent le mirador, je perçois quelques craquements. Soudain, une lamentation aigüe déchire la tranquillité des lieux, suivie de sons gutturaux, de mâchoires qui claquent et de grognements affamés.

Je m'allonge dans cet espace étroit en fumant un second mégot. Je songe à l'éternelle danse des proies et des prédateurs. À la guerre lasse du hasard et de l'inexorable. À la loi du plus fort, du nombre et de la nuit.

SEPT HEURES TRENTE

Il n'y a pas de sentier dans ce secteur. Cela fait trois jours que j'avance en m'orientant avec ma boussole. La forêt est dense et vorace. Acharnés dans leur course vers le ciel, les arbres et les plantes prennent tout l'espace qu'ils peuvent. Je chemine lentement, mais je progresse et chaque jour je me rapproche de ma destination. Je dors n'importe où et je repars au petit matin. Je me fais un chemin à travers le vert de la flore, la poussière des routes et les yeux jaunes des bêtes. J'ai encore de bonnes réserves de nourriture dans mon sac et mes mains sont agrippées solidement à mes bâtons de marche. Tout ce qui est devant m'attend irrémédiablement. Tout ce qui est derrière n'existe plus.

Bientôt, déjà, encore, les ombres prolifèrent sous la canopée et malgré mon entêtement, mon genou commence à faiblir. Je débouche sur une petite clairière. Une ouverture dans le plafond sans fin des feuilles. C'est ici que je vais passer la nuit.

Je grignote quelques biscuits secs avec du beurre d'arachide, puis je change les pansements sur mes épaules. L'envie de faire un feu me taraude, mais je préfère ne pas prendre le risque d'attirer l'attention. Je hisse mon sac dans un arbre, étends ma bâche au sol et me glisse dans mon sac de couchage. Le hululement d'une chouette file entre les branches. Au-dessus de moi, l'ardoise criblée du ciel contraste avec la robe de la forêt.

Des moustiques viennent bourdonner dans le creux de mes oreilles. Je les chasse, me tourne et me retourne en sentant les jointures des racines sous mon corps fourbu. Bien que je sois épuisé, le sommeil ne vient pas. Les mains derrière la tête, je sonde les étoiles nébuleuses du ciel.

Les visages de ceux et celles que j'ai rencontrés depuis le début de la panne me hantent. Je me demande où ils peuvent être à présent. Difficile à dire, l'avant est un monde enseveli avec ses destinées interrompues et ses promesses. L'après, un tas d'incertitudes qu'il vaut mieux taire. Entretemps, chacun fait ce qu'il peut pour donner du sens à ses gestes.

Un bruissement dans les feuilles mortes me fait sursauter. Je lève la tête et suis aveuglé par la nuit. Des brindilles craquent. J'ai beau me dire qu'il ne s'agit que d'une musaraigne ou d'un raton, la crainte des loups me taraude. Je reste absorbé par la noirceur qui règne sous les arbres, mais je n'entends plus que le tic-tac rassurant de ma montre. Je me laisse retomber sur ma couche en espérant m'endormir profondément, sachant très bien que la forêt, elle, ne se repose jamais.

SEIZE HEURES DIX

Je fais une pause aux abords d'un ruisseau. Je regarde l'eau filer devant moi. Je jalouse sa rapidité, sa fluidité, sa fuite en avant. J'agite mes orteils dans le fond de mes bottes humides. Je suis chétif et harassé. J'ai beau prendre de grandes respirations et m'asperger le visage pour me ragaillardir, jour après jour, la fatigue s'enroule autour de moi.

Je mange une des barres tendres trouvées il y a quelque temps en étudiant une vigne sauvage qui grimpe sur un arbre, qui s'en empare peu à peu et l'étouffe au ralenti. Plus que les crocs des bêtes, la mire des armes à feu ou les lacis de la forêt, c'est l'usure qui est la reine noire de ces lieux.

J'inspire profondément et me remets en marche. L'air sent les plantes. Des racines saillantes serpentent sur le sentier sinueux. Çà et là, je croise des rochers semblables à des cailloux laissés par un géant erratique, il y a des millénaires, pour marquer le chemin de son retour. Sur l'un d'eux, au travers des petits arbres et de la mousse verte, presque bleue, qui le recouvrent, j'aperçois une perdrix. Je me penche sur mes bâtons pour l'observer. Elle aussi me regarde. Elle s'interroge, attend, puis se désintéresse, tourne la tête et se remet à picorer, nonchalante. Je suis parcouru d'un léger frisson. Je me sens faible. J'ai faim. Les noix, les conserves et les barres tendres ne suffisent pas. Mon cœur pulse. J'ai besoin de viande. La perdrix semble s'apercevoir de mon soubresaut. Elle me jauge une dernière fois et s'éloigne en dodelinant.

Je me souviens du petit gibier qu'il fallait arranger au camp de chasse durant mon enfance. Je me souviens de l'odeur âcre des viscères, des masses visqueuses des abats, des poils et des plumes au sol, des grands cèdres partout autour, du regard de mes oncles, du rire de mes tantes, de la chair goûteuse des repas, du tapage lors des parties de cartes et du sang séché sous nos ongles.

Je me libère de mon sac, me penche pour saisir une pierre et fais le tour du rocher. Je repère la perdrix, un peu plus loin. Je m'approche en faisant rouler la pierre dans ma main. L'oiseau ne bronche pas. Je me concentre et décoche mon tir. Mon projectile siffle dans les airs puis s'enfonce dans le labyrinthe des feuilles mortes, juste au-dessus de ma cible. La perdrix déplie nerveusement le cou, reste immobile un moment avant de recommencer à trifouiller le sol. Je déniche une seconde pierre et tente ma chance à nouveau. Cette fois, je crois l'avoir atteinte, mais après s'être agitée un moment, elle s'envole pour se réfugier sur une branche d'arbre.

Merde.

Je reste là, déconcerté, quand soudain la perdrix tombe de sa branche et s'écrase en battant lourdement des ailes. Je frétille. Je l'ai eue !

Mais la perdrix n'est pas morte, elle se dresse, détale en courant et disparaît dans les buissons en contrebas. Je passe ma langue sur la pointe de mes canines, puis je me lance à sa poursuite en enjambant les taillis et les troncs morts. Délestées du poids de mon sac, mes jambes me soulèvent en défiant l'attraction terrestre. Ma fatigue s'est entièrement résorbée et je file à toute vitesse sous les branches basses comme si plus rien n'existait dans cette forêt épaisse sinon cette perdrix blessée ravivant mes instincts carnassiers.

J'interromps subitement ma course en croyant avoir localisé ma proie. Mais ce n'est qu'une ombre entre deux souches. J'examine les environs. Partout des bouleaux blancs montent en flèche dans une mer de fougères. Mon pouls bat à vide. Qu'elle soit morte ou vivante, la perdrix peut être n'importe où. J'examine les alentours avec fébrilité. Après un moment, je ne sais plus où regarder, mes épaules s'affaissent et je perds espoir. Tant pis.

Je rebrousse chemin le pas traînant. Je pense déjà me rabattre sur mon pot de beurre d'arachide. Je trébuche et me rattrape de justesse en m'appuyant sur un arbre. Sous ma main, l'écorce se froisse comme du papier. Je relève la tête. La forêt forme des charmilles sans fin. Et elles se ressemblent toutes. Le soleil est encore bien haut. Les arbres se cambrent vers lui. Moi, je louvoie en cherchant un indice du sentier, de la grosse roche, de mes bâtons de marche plantés dans le sol, des couleurs de mon sac à dos. Mais rien. Je vais d'une éclaircie à l'autre en accumulant les faux espoirs. Un grand vertige me serre le cœur. Mon sac. Sans lui, je ne suis rien d'autre qu'un animal fragile loin de son but.

J'arrive au pied d'une pente. Mon ventre gargouille. Mon genou élance à chaque pas. Ma tête pèse des tonnes. Devant moi, un arbre mort se dresse dans le vert écrasant de la forêt. Ses bras décharnés montent dans les airs. On dirait un spectre qui implore le ciel.

Il est seize heures quarante-cinq. J'essaie de me ressaisir. Je me répète en boucle que je vais repérer le sentier, retrouver mon sac, manger quelques trucs et continuer mon chemin. Et surtout que, bientôt, j'aurai traversé le Parc et j'arriverai au camp de famille. Mes oncles et mes tantes seront surpris de me voir, c'est certain, mais ils m'accueilleront comme s'ils m'avaient toujours attendu.

Au-dessus de moi, les arbres se tiennent les mains et forment un immense dôme diaphane. La lumière est filtrée par un vitrail de feuilles et de branches. J'avance dans ce temple fait de vivants piliers et j'ai l'impression de les entendre me souffler de confuses paroles. Je repousse un chicot qui gêne mon passage, mais mon geste est maladroit et il me revient au visage de plein fouet. Un filet de sang coule aussitôt de mon nez. Je renverse la tête jusqu'à ce que cela diminue, puis cesse complètement. Je me remets en route avec un goût de fer dans la bouche.

En longeant une petite coulée, j'écarte les fougères en espérant retomber sur mes traces. À part des pistes de bêtes, je ne trouve rien qui puisse m'aider. Je continue en imaginant mon sac dans chaque recoin de la forêt. J'aurais dû faire comme le géant erratique et laisser des pierres sur mon chemin. À moins que je monte dans un arbre pour me repérer ? Mais à quoi bon, je sais que de là-haut on ne voit qu'une courtepointe de feuilles et d'aiguilles qui se disputent le jour.

Je tente de m'orienter, de déceler des repères dans ce qui m'entoure, mais je n'y vois que le tissu sauvage et âpre des arbres morts et vivants. Ma solitude est sans appel. J'ai beau vouloir me gonfler de courage, je n'ai plus la force de contenir mon désarroi. Au milieu du chemin de ma vie, j'ai perdu la voie droite et me retrouve dans cette forêt obscure.

Un mouvement attire mon attention. Je plisse les yeux et aperçois deux flèches de poils qui roulent l'une sur l'autre en dévalant une butte. Elles retombent sur leurs pattes, échangent quelques gifles et se retournent vers moi. Leur pelage roux tacheté de noir, leurs courtes queues et le triangle effilé de leurs oreilles ne laissent aucune place au doute. Ce sont deux jeunes lynx. Et leur mère ne doit pas être loin. Aussitôt que les deux chatons sauvages reprennent leurs jeux, je recule, je détale, je cours, je fuis. Encore.

Cette fois, je ne décélère pas, craignant à chaque pas que des griffes se plantent dans mon dos. Je suis perdu et je boite. La proie idéale qu'un félin apporte à ses petits pour qu'ils apprennent à tuer. Je franchis des buissons en fonçant les yeux fermés. Mes gestes sont approximatifs. Les moustiques me harcèlent. Ils bourdonnent à mes oreilles et entrent dans ma bouche, mes narines. Je pivote sur moi-même en gesticulant, je fulmine, j'écume. Le sentier est introuvable. Ma montre n'est d'aucun secours. Je tourne en rond comme ses aiguilles. Mon genou flanche, je chancelle et trébuche dans les hautes herbes. Je veux crier, mais aucun son ne s'échappe de ma bouche. Je rage contre mon sort. Lorsque je me redresse, ma vue est ornée de points noirs. Je cligne des yeux en m'appuyant sur une souche, j'ai du mal à distinguer ce qui se trouve devant moi. Mon corps est lustré de sueur. Mes membres sont engourdis. L'air circule difficilement dans mes voies respiratoires. Je tends la main vers le ciel comme si quelqu'un allait l'attraper.

Puis la forêt vacille.

DIX-NEUF HEURES

J'entrouvre les yeux. Je suis étendu au sol, au milieu des herbes et des brindilles. Je me remue, consulte ma montre. Je suis resté plus de deux heures allongé sur le sol, inerte. Le soir se devine dans le bleu métallique du ciel. Je me sens encore nauséeux, mais au moins les étourdissements ont cessé. Je m'agenouille péniblement et sonde les parages. J'ai l'impression qu'on m'observe et je redoute la présence des loups entre les branchages. Je reste sur mes gardes le temps de rassembler mes esprits. Il est tard, je n'ai aucune idée d'où je suis et j'ignore encore plus dans quelle direction aller. Ma carte, ma boussole, ma lampe de poche, tout est dans mon sac. J'inspire profondément et jure en frappant le sol. J'arque le cou vers le faîte des arbres. Ils se détournent maintenant du ciel et se penchent vers moi comme des bêtes curieuses.

Je m'agite, me relève et fais quelques pas droit devant.

Pourquoi tu boites ?

Je fige comme si je venais d'être frappé par la foudre.

Pourquoi tu boites ?

Mon sang circule bruyamment d'un bout à l'autre de mon corps. J'ai faim, j'ai soif, je suis épuisé. Ça doit être mon cerveau qui me joue des tours. Je pivote lentement sur moi-même. Derrière, dans la dentelle des fougères, il y a une silhouette immobile. C'est un jeune garçon. Douze ans ou à peu près. Il me dévisage, la tête légèrement inclinée. Sa peau est tannée, sa chevelure blonde en broussaille, et ses yeux sont noirs comme du charbon. Il porte un sac en bandoulière et, d'une main, il tient une perdrix morte.

DIX-NEUF HEURES CINQ

Pourquoi tu boites ?

Je fixe le garçon avec des yeux ronds d'étonnement. Il s'avance et s'assoit en tailleur sur une pierre. Son regard clair perce la pénombre et contraste avec ses vêtements sales.

Elle était blessée, m'indique-t-il en soulevant la perdrix par les pattes. Elle m'a laissé approcher en me regardant comme ça, de côté, puis j'ai tendu lentement la main vers elle et je lui ai tordu le cou.

Je secoue la tête de gauche à droite et tente de me ressaisir. Je suis perdu au cœur de la forêt, la gorge sèche, les mains tremblotantes avec un petit bonhomme qui ne semble ni égaré, ni mort de fatigue, ni mort de faim, ni mort de soif, ni mort de peur. Comme s'il était tombé du ciel.

Étonné qu'aucun mot ne sorte de ma bouche, il coince la perdrix dans son sac.

Qu'est-ce que tu fais là ? parviens-je alors à bredouiller. Où sont tes parents ?

Le garçon me considère, le visage impassible. Je jette un coup d'œil au sous-bois qui nous entoure. Avec la rosée, les fougères semblent phosphorescentes. Le crépuscule rôde. Il va bientôt faire noir.

Il y a un sentier près d'ici, tu sais où il se trouve ?

Le jeune sourit, amusé, mais il ne répond ni ne bouge. Il attend.

Un accident de voiture, dis-je en indiquant mon genou. C'est pour ça que je boite.

Le souvenir de la douleur, de la fièvre et de mes jambes immobilisées dans des attelles m'assaille un instant.

Quel genre d'accident ?

Des yeux luisants en plein milieu de la route. Un coup de volant. L'impact. Les tonneaux.

C'était quoi comme animal ? Il est mort ? reprend-il en me voyant absorbé dans mes pensées.

Oui, sur le coup.

Le garçon reste songeur un instant, puis bondit sur ses pieds.

Viens, suis-moi. Le sentier n'est pas très loin.

Aussitôt, les ombres du soir reculent d'un pas. Mon jeune guide marche vite et je peine à le suivre. Nous filons entre les branches en remontant une pente assez raide. Le sol est glissant. Je dois m'agripper aux racines et aux arbrisseaux pour ne pas chuter.

Allez, me lance-t-il les mains sur les hanches, par ici.

Il fait entièrement nuit lorsque nous mettons les pieds sur le sentier. Autour, la forêt n'est plus qu'une masse sombre et sonore. Nous avançons à l'aveugle.

Plus loin, près d'un gros rocher indistinct, nous butons sur mon sac à dos. Le soulagement est immédiat. Je suis sauvé. Je me penche, prends ma gourde et avale de grandes gorgées d'eau.

Merci, dis-je en m'affalant près de mon sac. Comment t'appelles-tu ?

Le garçon tourne les talons et se fond furtivement dans l'obscurité.

Va-t'en pas !

Pendant les minutes qui suivent, je me demande si ce garçon n'a pas été le fruit de mon imagination. Bien que j'aie retrouvé mon sac, je commence peut-être à déraper. Mais j'entends du bruit dans la forêt. C'est mon jeune compagnon qui revient avec de l'écorce, des brindilles, des bouts de bois. Il s'agenouille pour préparer un feu.

Non, interviens-je, ne fais pas ça.

Le garçon se tourne vers moi, perplexe.

On risque de se faire repérer.

Et alors ? réplique-t-il en frottant une allumette.

Je reste tendu pendant de longues minutes, puis me relâche à mesure que la lueur des flammes grimpe sur nous, éclaire nos visages barbouillés et taille une brèche dans la nuit. Je tends les mains et me laisse hypnotiser par le bois qui flambe en crépitant. La chaleur m'enlace, me berce, m'embrasse.

Le garçon sort la perdrix de son sac, met les pieds sur les ailes, tire sur les pattes afin de dégager la poitrine. Sans attendre, il embroche les deux lobes et les tient au-dessus du feu. Je l'observe, à la fois fasciné et agacé par le mystère de sa présence. Quelques tisons montent dans les airs. Je me racle la gorge.

Dis-moi, tes parents, tu ne crains pas qu'ils soient inquiets. Qu'ils te cherchent ?

Aucun risque, me répond-il avant de faire dévier la conversation. C'est un gros sac que tu traînes là. Il doit être lourd.

Demain, je t'aiderai à les retrouver. Tu habites dans le secteur ?

Le garçon hausse les épaules, vérifie la cuisson de la viande et me tend une part. Je remets à plus tard mes interrogations, le remercie et mords dans la chair avec appétit.

Quelle heure est-il ? reprend le garçon en pointant ma montre du menton.

Sa question me désoriente. Je jette un coup d'œil vers mon poignet. Les chiffres sur le cadran paraissent soudainement dérisoires devant la lueur du feu, la hauteur des arbres et la profondeur de la nuit.

Il est vingt-deux heures cinq, dis-je.

Le garçon pouffe de rire en mastiquant bruyamment. Il termine son repas, s'essuie les mains sur l'herbe et rajoute du bois dans le feu. Les flammes montent en révélant la ramure de la voûte au-dessus de nos têtes.

Je profite de cette lumière soudaine pour revoir mon itinéraire. En me voyant déplier la carte, le regard de mon jeune compagnon s'illumine comme si nous nous lancions à la recherche de l'île au trésor. Il se poste à mes côtés et se penche vers la carte. Il pointe aussitôt les villages côtiers en haut, près de la légende. Il les dénombre, recule la tête pour mieux les situer dans cette immense étendue, puis examine le tracé sinueux du relief qui tapisse l'intérieur des terres.

C'est quoi toutes ces lignes ?

Ce sont les courbes de dénivellation. Elles indiquent le relief. Plus elles sont rapprochées, plus le terrain est abrupt, plus elles sont espacées, plus il est plat.

Il évalue longuement les monts, les vallées, les rivières et pose son doigt sur le X tracé au plomb.

Et c'est quoi ça ?

Ça ? C'est le camp de ma famille.

Il considère l'emplacement puis lève les yeux dans ma direction.

C'est là que tu vas ?

Je hoche la tête. Il reste pensif. J'en profite pour le questionner de nouveau sur ses parents. Son visage se referme. J'insiste.

Allez, dis-moi, que fais-tu ici ? Tu es perdu ?

Il fait mine de ne pas m'avoir entendu, s'éloigne, prend une plume de perdrix par terre, passe la pointe sur ses lèvres à quelques reprises et la lance dans le feu. Je hausse les épaules, éreinté de fatigue, alourdi par la digestion. Je déroule ma bâche et mon sac de couchage. Le garçon, lui, entasse quelques branches de sapin et s'allonge, la tête sur son sac, enroulé dans une petite couverture de survie, dorée d'un côté, argentée de l'autre. On dirait une cape.

Les flammes redescendent peu à peu et se lovent dans les braises. Dans la lumière rougeoyante, on se regarde lui et moi.

Olio, dit-il avant de se retourner, je m'appelle Olio.

D'accord, dis-je adouci. Bonne nuit, Olio.

Bonne nuit.

CINQ HEURES QUARANTE

Je me réveille avec l'apparition du jour. Olio n'est plus là. Son sac non plus. Je le cherche du regard à travers la brume du matin, en vain. Il ne reste que son petit tapis de sapinage. Je me sens soulagé à l'idée qu'il soit retourné chez lui, avec les siens. Je mange une poignée de noix et remballe machinalement mes affaires.

Alors, on y va ? lance soudainement une voix au-dessus de moi.

Je me retourne. Debout sur le gros rocher couvert de mousse et d'arbrisseaux, il y a le garçon avec son sac en bandoulière.

J'acquiesce sans me donner la peine de réfléchir davantage. Olio saute en écartant les bras, atterrit à mes côtés comme un félin et file devant en bondissant. Je reprends mon sac et mes bâtons, puis lui emboîte le pas en laissant ma solitude derrière.

Olio marche vite. J'ai beau faire de grandes enjambées, on dirait qu'il plane au-dessus du sol. De temps à autre, il m'attend dans un virage. À plusieurs reprises, je l'aperçois de loin retourner quelques pierres. J'aimerais savoir ce qu'il cherche, mais il se remet en route dès que j'approche.

Dans l'après-midi, nous traversons une zone humide. La végétation a englouti le sentier, nous naviguons à vue dans cette mer de broussailles et je progresse de plus en plus difficilement.

Tu n'as qu'à faire comme moi, me suggère Olio en me voyant me démener. La tête d'abord, le corps ensuite. C'est facile, tous les animaux font ça.

Je fonce en luttant contre les branchages qui, malgré mes efforts, m'agrippent, me retiennent, me lacèrent. Mon sac à dos me freine. Mes bottes sont alourdies de glaise. J'ahane jusqu'à ce que la forêt s'éclaircisse.

C'est ça, dis-je pantelant, la tête d'abord, le corps ensuite.

Ce soir-là, on établit notre campement dans un petit bois de mélèzes un peu plus loin. Je suis lessivé. Néanmoins, je me conforte en pensant à tout le chemin que nous avons parcouru aujourd'hui. Et mon genou, étrangement, ne me fait pas trop souffrir.

Olio sort un ver de terre d'un petit pot. C'est cela qu'il cherchait sous les pierres.

Regarde, dit-il en le sectionnant entre son pouce et son index, il ne meurt pas. Il était seul et il devient deux.

Il rigole en me voyant incrédule, tire une bobine de fil à pêche et quelques hameçons de son sac, puis s'éclipse entre les arbres.

Je me débarrasse de mes bottes humides et fais sécher mes vêtements malodorants sur une branche. Je grimace à la vue des lambeaux de peau morte et des amas de corne sur mes pieds. Des lésions de frottement longent toujours les os de mes clavicules. La lumière descend peu à peu. Le vert tendre des aiguilles de mélèze détonne avec le ciel violacé. J'inspire, frictionne mon genou et m'abandonne à l'ampleur de la forêt. Le murmure lointain d'un ruisseau se mêle au bruissement des insectes. Une brise chuinte à la cime des arbres. Des oisillons piaillent pour de la nourriture dans un nid, quelque part.

J'étale le contenu de mon sac devant moi et fais le compte de mes provisions. Quelques conserves de fruits, des boîtes de sardines, quatre sachets de soupe en poudre, une barre de chocolat et encore un peu de noix et de fruits séchés. Ce n'est pas énorme. Surtout si on est deux.

Olio revient juste avant la nuit avec une douzaine de petites truites enfilées par les branchies sur un bout de bois. On allume un feu et on fait cuire les poissons sur une pierre chaude. Leur chair rose est délicate. On se régale. Après le repas, Olio lève la tête dans ma direction.

En ville, les gens mangent quoi, tu crois ?

Je ne sais pas, reconnais-je, mais, là-bas, il y a des entrepôts immenses, des supermarchés, des containers. Et avec la panne qui s'éternise, les gens s'organisent. Qui sait, peut-être qu'il y a maintenant des jardins partout sur les toits !

Olio écarquille les yeux. Je profite de l'occasion pour le relancer et lui demander s'il vient de la ville.

Oui et non, admet-il en se curant les dents avec une brindille, j'habitais la banlieue.

Je pense aux véhicules abandonnés sur les voies rapides de la métropole, aux fenêtres placardées des tours à logement, aux gens inquiets qui fouillent les commerces défoncés.

Quelque temps après la panne, poursuit Olio, on a paqueté nos affaires dans la voiture puis on est partis. On est partis, mes parents, mon frère et moi. Il y avait des bouchons de circulation un peu partout. Mon père et ma mère se sont relayés au volant. Jusqu'au chalet. On a passé l'été là-bas. Au début, c'était un peu comme les vacances. La pêche, les feux de camp, la forêt.

Un craquement retentit dans la caverne de la nuit. Je sursaute. Mon jeune compagnon s'anime et me toise d'un œil moqueur.

On nous a repérés, vite sauvons-nous, blague-t-il.

Je me renfrogne, irrité, et me glisse dans mon sac de couchage. Les braises s'enfoncent dans leur nid de cendre et l'obscurité ligneuse reprend sa place. Je suis aux frontières du monde des rêves quand la voix d'Olio me ramène à la réalité.

Toi, tu viens d'où ?

D'un petit village minier. À deux semaines de marche d'ici.

Et pourquoi tu vas au camp de ta famille ?

Parce que mes oncles et mes tantes sont là-bas depuis l'automne dernier.

Tu n'as pas fait le voyage en même temps qu'eux ?

J'étais blessé, dis-je en indiquant mon genou, je ne pouvais même pas me tenir debout.

Ils sont partis sans toi ?

Ils n'avaient pas le choix.

Ah, s'étonne-t-il, et tu penses qu'ils seront contents de te voir ?

Ils vont être surpris, c'est certain, ça fait plus de dix ans que je n'ai pas mis les pieds au camp.

Et ça ressemble à quoi là-bas ?

Il n'y a aucun chemin dans ce secteur. En temps normal, on laisse les véhicules au débarcadère et on fait le reste en canot. La rivière est verte et silencieuse. Son débit est puissant, ses fosses, profondes. Le camp est un peu en retrait, dans le creux d'un méandre, sous des cèdres centenaires.

Olio s'étend près de moi, les bras derrière la tête.

Tu vas voir, le camp n'est pas très grand, mais il y a toujours de la place.

Nous écoutons les rumeurs de la vie nocturne sans rien ajouter. Olio s'est endormi. Je crois. Je lève la tête vers les constellations en sentant un large trou noir se résorber à l'intérieur de moi. Les souvenirs se bousculent et se moquent de ma fatigue. Lorsque j'avais l'âge de ce garçon, il y avait souvent des fêtes dans ma famille. Je me rappelle la table qui débordait de nourriture, le bruit confus des paroles et la pile de manteaux dans la chambre d'amis. Ma cousine Sylvia et moi, on se cachait pendant des heures au creux de cette montagne de parfums. Et quand tout le monde éclatait de rire dans la pièce d'à côté, les murs tremblaient, comme emportés par le souffle d'une horde d'ogres joyeux, affamés et implacables.

Olio se retourne vers moi, les yeux grands ouverts.

Des pigeons et des rats, mentionne-t-il alors, en ville, après tout ce temps, moi je pense que les gens mangent des pigeons et des rats.

QUINZE HEURES QUINZE

Cela fait maintenant quelques jours qu'Olio et moi cheminons ensemble. L'accord tacite qui nous unit échappe encore à mon entendement. Nos corps se meuvent dans la chaleur humide de la forêt. Nos yeux sont bien habitués aux ténèbres vertes. Et nous nous apprivoisons pas à pas.

Qu'est-ce que tu faisais avant ? me demande-t-il alors que nous suivons un long tunnel d'arbres tortueux, infléchis, entrelacés.

J'étais mécanicien pour une raffinerie.

Ça te manque ?

Un grand vide m'aspire de l'intérieur. Je m'arrête et regarde mes mains. Au lieu d'être noircies par le cambouis, elles sont désormais couvertes de craquelures terreuses. Ma vie d'avant est un souvenir lointain. Une plante fanée. Je me rappelle l'odeur des pots d'échappement, le bruit des outils pneumatiques, des coffres à outils, des portes de garage. Autrement, le reste se résume à quelques moments furtifs, à des impressions plus ou moins fiables, à des images racornies. La panne a dévié le cours des vies, elle a détourné les regards de leur point de fuite, elle a déboulonné les espérances.

En tout cas, moi, je ne m'ennuie pas de l'école, déclare Olio en s'agrippant à une branche cintrée au-dessus de nous.

Il se balance un instant, les pieds dans le vide, se projette au sol et se faufile entre les arbres. J'attrape mes bâtons et embarque dans son sillage. Un peu plus loin, la forêt est scindée en deux par un long conduit métallique légèrement surélevé par des pilotis.

Qu'est-ce que c'est ?

Un pipeline. Il va probablement vers les raffineries du Sud du pays.

C'est là que tu travaillais ?

Non, j'étais dans l'Ouest. À l'autre bout du continent.

Pourquoi si loin ?

À cause de mon père, dis-je pour couper court.

J'avance dans le couloir herbeux qui a été aménagé autour du pipeline. Olio me double et grimpe sur l'immense tuyau. Il fait plusieurs cabrioles en parfait équilibre. Au loin, des cerfs paissent sans se soucier de nous.

Et ton père, il faisait quoi ? poursuit-il.

Il était mécanicien...

Olio m'observe un court instant.

Écoute, reprend-il, en tapant du pied sur le conduit métallique, ça sonne creux.

Soudain, un coup de feu résonne dans l'éclaircie. On baisse la tête par réflexe. Les cerfs se sauvent. L'un d'eux est blessé et s'effondre après quelques sauts. Des exclamations indistinctes retentissent au loin. Ce sont des chasseurs qui accourent. Olio descend du pipeline et se dirige magnétiquement vers la scène. Je le presse de revenir. Il refuse. Je m'élance, l'attrape par le bras et l'entraîne avec moi. Il se débat. Je resserre ma poigne. Une fois dissimulés dans le filet protecteur des branches, je m'agenouille et le fixe droit dans les yeux.

Je ne sais pas comment les choses se passent d'où tu viens, mais ici la forêt n'a jamais été aussi peuplée. Et crois-moi, vaut mieux éviter de croiser quiconque.

Olio me dévisage.

Et quand je te somme de me suivre, l'avertis-je, tu me suis.

Olio esquive mon regard. Je serre les lèvres puis repars sans me retourner. Une demi-heure plus tard, je suis malgré tout soulagé lorsque je perçois le bruit de ses pas derrière moi.

Nous entrons dans un secteur de plantations d'épinettes. Les troncs alignés et serrés les uns contre les autres s'élèvent comme des flèches. Nous longeons ces couloirs interminables en gardant nos distances. Deux créatures taciturnes sur le territoire quadrillé d'une forêt artificielle. Nous prenons une pause et partageons une conserve de sardines.

Ce soir-là, nous nous arrêtons sur un sommet dont les flancs escarpés ont été épargnés par l'industrie. Nous installons notre campement entre deux saillies rocheuses. La lumière de fin de journée étire l'ombre des petits arbres enracinés dans les anfractuosités. Olio arpente les alentours en agitant un bâton dans les airs comme s'il était en train d'en découdre avec l'horizon.

Viens voir ! me lance-t-il après un temps.

Je me lève et le rejoins. Sur la paroi de pierre devant lui, il y a une gravure piquetée de lichen. Le tracé est encore passablement clair malgré l'érosion causée par les intempéries. C'est un loup avec des ailes, chevauché par deux minuscules silhouettes humaines.

Qui a bien pu faire ça ? s'interroge-t-il.

Les gens qui vivaient ici, il y a longtemps.

Vraiment ?

Oui, avant les pipelines et les machines forestières.

Olio passe la main sur les lignes incrustées dans la pierre. Je le regarde faire en songeant aux fragiles chevauchements des époques. Quand nous retournons à notre campement, le soleil plonge sous la ligne d'horizon. Bordées par un ciel orangé, les montagnes se fondent les unes dans les autres et forment un long mur dentelé.

Tu vois, là-bas, c'est le Parc.

Olio hausse les sourcils. Je précise.

Avant la panne, les gens y allaient pour faire des randonnées, l'été, et pour faire du ski à la Station, l'hiver.

Et de l'autre côté, c'est la mer, c'est ça ?

Non, de l'autre côté, il y a le camp de ma famille. La mer est plus loin encore.

Une brise se lève. On l'entend siffler dans les aiguilles des conifères rabougris. Olio sonde le paysage.

Imagine si on volait ! lance-t-il.

Il faudrait trouver un endroit pour atterrir.

Avec un hydravion, on peut se poser sur n'importe quel plan d'eau, reprend-il du tac au tac, pourquoi pas sur la mer ? Tu sais, il paraît qu'il y a de grands champs d'éoliennes le long de la côte. Tu crois qu'elles tournent encore ?

L'obscurité progresse, s'empare des coulées et, dans le silence du soir, de minces colonnes de fumée s'élèvent au-dessus de la couverture des arbres. Nous sommes nombreux à avoir choisi le recours aux forêts. Je me demande à quoi pourrait ressembler la vie dans les villages sur la côte. Je regarde mon jeune compagnon.

Je crois que oui, elles tournent encore. Quand il vente.

Les phares d'un véhicule tracent une longue courbe dans la vallée noire.

On dirait une étoile filante, lance Olio.

Fais un vœu, dis-je avec ironie.

Mon jeune compagnon se concentre en fermant les yeux, puis les ouvre d'un coup.

Et alors ?

C'est fait, affirme-t-il avec une candeur désarçonnante.

Quelques minutes plus tard, il dort sous sa cape dorée, tout près de moi, un rictus accroché aux lèvres.

Je sens la chaleur de son souffle. Je lève la tête vers le ciel qui s'enroule lentement autour de l'étoile polaire et pense au loup ancien avec ses ailes et ses minuscules passagers.

TREIZE HEURES CINQUANTE

Nous gravissons un petit ravin jusqu'à une talle d'herbes courtes, roussies par le soleil. On s'assoit côte à côte et on boit un peu d'eau en observant deux arbres qui poussent entortillés l'un à l'autre. Il est difficile de dire s'ils s'épaulent ou se nuisent. D'un geste habile, Olio attrape une mouche qui tournait autour de lui. Il la regarde s'agiter entre ses doigts, lui arrache les ailes et les pattes, la dépose sur une pierre et la contemple longuement.

Je consulte la carte. À vol d'oiseau, on dirait que nous sommes tout près du Parc. Mais il nous reste une dizaine de jours de marche, car il y a un lac à contourner. Je claudique toujours un peu. N'empêche, mon genou va de mieux en mieux. Les plaies sur mes clavicules se sont refermées. Ce n'est pas si étonnant, mon sac est de plus en plus léger. On a beau manger quelques perdrix et de la truite, on aura bientôt épuisé mes provisions. Et si on veut arriver au camp de ma famille avant les grosses chaleurs de l'été, il va nous falloir de la nourriture sèche, des aliments qui se conservent. On ne peut pas passer notre temps à pêcher et à courir après le petit gibier.

Selon le plan, nous allons rejoindre une route de terre sous peu. Il y a un hameau quelques kilomètres plus haut. Une poignée de maisons et un vieux moulin à scie. Probablement la seule occasion de nous réapprovisionner avant un moment. C'est un détour. Et il doit y avoir des gens installés là-bas. J'aimerais mieux qu'on passe notre chemin, mais il faut tenter notre chance.

Je mâchouille un brin d'herbe en regardant une bande de fourmis qui portent une mouche sans ailes vers leur repaire pour la dévorer plus tard. Je lève la tête, Olio est affalé dans l'herbe et se goinfre de petites fraises.

C'est quoi, badine-t-il la bouche pleine, tu as peur que les gens du moulin nous fassent prisonniers et qu'ils nous enferment en attendant de nous manger ?

Il ricane. Je reste saisi par sa réplique. Je dévie le regard, range la carte et repars en faisant claquer mes bâtons sur la roche. Olio me rattrape un peu plus loin, la bouche et les doigts tachés de rouge vif.

Dis-moi, commence-t-il, où étais-tu quand la panne a commencé ?

J'étais au travail. Je réparais un camion. Quand je suis sorti dehors pour voir ce qui se passait, il pleuvait je crois. Et toi ?

En classe. C'était l'après-midi. Il faisait beau ce jour-là. Une lumière éclatante entrait par les fenêtres. Personne ne s'est douté de rien avant la fin des cours. La cloche n'a pas sonné.

Nous arrivons en bordure du chemin forestier. Je fais signe à Olio de ne pas bouger. Il me défie de ses grands yeux noirs. Je me penche vers lui en posant mon doigt sur mes lèvres et tends l'oreille. J'ai l'impression d'entendre un véhicule qui s'en vient, mais ce n'est que le vent dans les aiguilles de pin. Je sors du bois et fais signe à Olio de me suivre. Le soleil frappe durement la route encastrée entre les cloisons étanches de la végétation. La stridulation des cigales monte des fourrés.

Nous rejoignons une intersection plus bas avec un bouquet de panneaux indicateurs. Ici aussi, certains étaient là avant la panne. *Croisée du Moulin 30 km/h maximum. Lac du Castor 6 km. Attention traverse de camions.* Ici aussi, d'autres panneaux détonnent avec leurs grandes lettres dessinées à l'aérosol sur des bouts de contreplaqué. Olio s'amuse à les lire à voix haute.

Secteur-du-Lac-Rond, privé, à-vos-risques. Accès-route-du-Relais, payant. Commune-du-lac-Croche, suivez-les-rubans-bleus. Lac-à-la-Truite, preuve-de-résidence-requise.

On prend la direction du Moulin, mais à peine a-t-on fait quelques pas qu'un bruit de moteur nous fait sourciller. On se regarde un instant. C'est le son d'un engin qui tourne à vide. Les vrombissements montent et diminuent pendant un temps, puis cessent complètement. Le silence revient nous plomber de doute comme si nous étions seuls au monde. Devant, le chemin trace une longue courbe voilée par le débordement des buissons.

Passons par le bois, finis-je par indiquer à Olio en lui mettant la main sur l'épaule, allez.

Olio repousse mon bras et file sur le chemin. J'essaie de le rattraper. On entend de nouveau les rugissements du moteur. Cette fois accompagnés de quelques cris embrouillés.

Attends, reviens par ici !

Olio continue comme si je n'avais rien dit. Je grogne en allongeant le pas. À travers les branchages, on aperçoit le reflet métallique d'une carrosserie. C'est une jeep enlisée dans l'accotement sablonneux. Deux types tournent sur eux-mêmes comme des bêtes impatientes. Ils discutent et argumentent. Les deux compères ne semblent pas avoir remarqué notre présence. Je m'accroupis en bordure du chemin et peste en serrant la mâchoire.

Cache-toi, ils vont te voir.

Olio avance vers la jeep d'un pas leste alors que l'émail de mes dents se fissure sous la pression. Je détourne la tête. Quand les deux hommes se taisent, je sais qu'ils viennent de l'apercevoir, debout en plein milieu de la route avec ses cheveux sales, son sac en bandoulière et son air indolent.

Je jure en frappant la terre avec ma paume. J'inspire, me relève et me montre à mon tour. Les types s'agitent aussitôt qu'ils me voient apparaître à la suite d'Olio. L'un d'eux bombe le torse, les mains sur la taille. L'autre se précipite dans la jeep, puis reste dissimulé derrière la portière. Olio se tourne vers moi avec un sourire narquois.

Le premier porte une moustache et ses cheveux sont peignés sur le côté, le second est maigre et est vêtu d'une veste carreautée trop grande. Il y a des traces de freinage sur le gravier et la jeep semble bien embourbée en bordure du chemin.

Qu'est-ce que vous voulez ? Vous arrivez d'où ? lance le maigrichon.

Vous allez au Moulin ? insiste le moustachu.

Olio s'avance, s'arrête tout près d'eux et les considère un moment.

Vous êtes pris ? enchaîne-t-il simplement.

Oui, hésite le moustachu, embarrassé par la proximité du garçon, on a dérapé.

Il lève la tête vers moi et mime l'incident avec ses bras.

Tu as dérapé, corrige le maigrichon en se redressant, une carabine à l'épaule, tu as dérapé parce que tu as pris le virage trop vite.

Tu peux bien parler, tu ne conduis jamais, lui réplique le moustachu.

Les deux hommes se toisent.

On se rend au lac du Serpent, mon oncle et moi, intervient Olio avec une assurance déconcertante.

Connais pas, répond le moustachu en s'essuyant le front, nous, on se rend à la Station, vous voyez ? Mais là, plus on tente de sortir de ce bourbier, plus on s'enfonce.

On peut vous aider, déclare Olio en regardant dans ma direction.

J'acquiesce, contrarié par l'attitude de mon jeune compagnon, et fais le tour de la jeep pour évaluer la situation. Le maigrichon me talonne. Je lui dis qu'en poussant à trois, on devrait y arriver. J'installe Olio au volant, démarre l'engin et lui dis d'attendre mon signal. Sur la banquette et dans le coffre, il y a des boîtes et des sacs empilés. Le regard d'Olio étincelle. Je répète mes directives et me positionne sur le côté avec les deux types. Mais on a beau pousser, dès qu'Olio appuie sur l'accélérateur, les roues arrière tournent à vide et projettent des pierres sur nos jambes. La jeep cale encore plus dans le rebord sablonneux. On arrête tout.

On est trop lourd, souffle le moustachu, découragé. Il faut décharger.

Son collègue bout en répétant que c'est ridicule. Tout ça à cause d'une fausse manœuvre. Pendant que le ton monte entre les deux compères, je vais à l'avant pour examiner les commandes du véhicule.

Engage ce levier-là, dis-je à notre petit conducteur, engage ce levier-là et appuie lentement, très lentement sur la pédale.

Écartez-vous ! avertis-je.

Olio donne un peu de gaz et la jeep s'extirpe de l'accotement sans même qu'on ait à pousser. Les deux types restent pantois. Olio immobilise le véhicule un peu plus loin.

Les quatre roues motrices, il faut s'en servir, dis-je en haussant les sourcils.

Je te l'avais dit pourtant, siffle le maigrichon au moustachu.

Celui-ci rougit, se gratte la tête, remarque l'état lamentable de nos vêtements et offre de nous déposer quelque part.

Son collègue lui donne un coup de coude. Il lui chuchote que c'est risqué et que, de toute façon, ils n'ont pas de place. Qu'il y a un contrôle au Moulin, paraît-il. Et qu'ils ne veulent pas attirer l'attention. Il regarde sa montre et indique qu'il est déjà quinze heures trente.

Je consulte l'heure aussi, j'ai un peu de retard sur lui. Les deux types argumentent. Je songe à la proposition du moustachu. S'ils vont réellement à la Station, ce serait tout un raccourci. Je jette un coup d'œil vers Olio, qui tourne autour de la jeep en faisant claquer les portières.

On peut leur faire un peu d'espace en mettant des trucs sur le toit, reprend le moustachu.

Qu'est-ce qu'il fabrique ? coupe le maigrichon en désignant Olio du doigt, une pointe de nervosité dans la voix.

Il joue, dis-je distraitement.

La discussion reprend entre les deux acolytes. Le maigrichon est sur le point de céder quand Olio revient vers nous et les interrompt.

Je vous l'ai dit, nous, on va au lac du Serpent. Ce n'est pas dans la même direction.

Je suis interdit et soulagé à la fois.

Dans ce cas, allons-y ! tranche le maigrichon en retournant vers la jeep.

Le moustachu nous remercie. Il fouille dans ses poches puis en sort un sac d'amandes salées qu'il offre à Olio.

Bonne chance, bafouille-t-il en retournant au véhicule, bonne route.

Quelques instants plus tard, la jeep s'éloigne sur le chemin graveleux. On les regarde se fondre dans le paysage jusqu'à ce que le chant des insectes redevienne maître des lieux.

Viens, me somme alors Olio en me tirant par la manche, viens voir.

Dans les herbes du fossé, près de l'endroit où il avait immobilisé la jeep, il y a des patates, un sac d'avoine, des conserves de fruits au sirop et plusieurs sachets de nourriture déshydratée.

On fait une bonne équipe, me souffle-t-il, tu ne trouves pas ?

Je ne peux retenir mon sourire. Nous ramassons le tout et emplissons nos sacs. Ma charge augmente à nouveau, mais ce poids est rassurant. Avant de repartir, je me retourne vers Olio.

C'est où ça, le lac du Serpent ?

Ici, me répond-il en pointant l'endroit exact entre son nez et ses deux yeux, ici.

ONZE HEURES TRENTE

Le beau temps persiste depuis que nous avons repris le bois avec nos provisions. Au-dessus de nos têtes, les arbres tapissent le ciel et accaparent le jour. À nos pieds, le sol est couvert de plantes larges et obscures qui s'abreuvent des restes de lumière. Nous évoluons dans cet entre-deux jusqu'à une rivière, plus bas. Selon la carte, il n'y a ni route ni pont dans les environs. Nous longeons la rive un bon moment avant de trouver un endroit pour traverser à gué.

Je touche l'eau. Le contraste avec l'air est saisissant. Olio se déshabille, noue ses vêtements autour de son sac et s'avance dans la rivière. Il en a jusqu'à la poitrine. Son sac à bout de bras, il se laisse porter par le courant en faisant de grandes enjambées. Pendant un instant, je crains de le voir se faire emporter, mais il se débrouille plutôt bien. On pourrait croire qu'il marche en apesanteur.

Je me dévêtis et me lance à mon tour, un bâton de marche dans une main et mon sac à dos comme un fagot de bois sur l'épaule. La clarté du jour crée des reflets éblouissants sur la rivière et il m'est difficile de voir où je mets les pieds. Les algues rendent le sol visqueux par endroits. Je progresse en redoutant la pression insidieuse du courant à mesure que le froid s'empare de mes jambes, de mon ventre, de mon torse.

Déjà debout sur la batture, Olio me regarde regagner péniblement la berge. Il rigole, trempé et couvert de chair de poule. Tout près, il y a quelques grosses pierres lisses, chauffées par le soleil. On s'y étend et on se laisse sécher. Dans les hautes herbes, un grand héron lève la tête et nous observe d'un œil.

C'est une rivière comme ça qu'il faut traverser pour se rendre au camp ? m'interroge Olio après un moment.

Non, elle est plus large encore. Ça prend un canot. Mais quand on sera rendus là, on n'aura qu'à siffler trois fois. C'est le signal. Et tu verras, quelqu'un viendra nous chercher.

Je souris, immobile sous le soleil de midi. Ma peau respire. Les courants d'air glissent sur mon corps. Et je m'endors, convaincu qu'il ne peut en être autrement : Olio viendra avec moi dans ma famille.

Lorsque j'ouvre les yeux, le soleil a changé de position dans le ciel. Il est quinze heures quinze et Olio n'est plus à mes côtés. Je me lève d'un bond et scrute les alentours. Je l'appelle en me rhabillant avec empressement. La rumeur sourde de quelques rapides couvre ma voix. Je longe le tracé du cours d'eau. L'inquiétude monte en moi avant de se dissoudre d'un coup lorsque je l'aperçois enfin, au pied d'une série de remous. Il discute avec un homme qui pêche à la mouche. La soie de sa ligne trace de grandes courbes dans les airs avant de se déposer délicatement sur l'eau du bassin.

Dès qu'il remarque ma présence, Olio me signale au pêcheur. Celui-ci rentre tranquillement sa ligne en me faisant signe d'approcher. Lorsque j'arrive à leur hauteur, le pêcheur me scrute de haut en bas avant de me tendre la main. Sa poigne est vigoureuse, son regard, alerte. Sous son chapeau à bords mous, ses cheveux sont entièrement blancs.

Votre jeune frère m'a raconté, commence-t-il.

Ah oui ? dis-je prudemment.

L'hiver en ville. Je n'ose même pas imaginer. Les grands édifices sans lumière, les véhicules abandonnés, les gens qui volent de la nourriture. Vous pouvez vous compter chanceux d'être dans le bois maintenant.

Je hoche la tête en cherchant le regard d'Olio, mais il fixe les tourbillons de la rivière, assis à côté du panier de pêche du monsieur.

Nous, on a un camp en amont, poursuit ce dernier en réajustant les bretelles de ses cuissardes. Vous ne me croirez peut-être pas, mais je suis l'un des plus jeunes de mon groupe. Contrairement à vous, on n'a pas fui la panne, on s'est réfugiés ici il y a plusieurs années déjà. Loin du monde et de ses centres pour aînés. Peu importe, mes collègues seraient contents de voir un enfant de l'âge de votre frère. Mais ce n'est pas le moment. On a enterré l'un des nôtres ce matin. On est tous ici pour mourir au final, mais on ne s'habitue jamais à dire adieu.

Mes sympathies, dis-je alors qu'Olio revient vers nous avec un air enjoué qui détonne avec le ton de notre conversation.

Le vieil homme se ressaisit, se penche en s'appuyant sur ses cuisses et lui demande s'il sait manier une canne à mouche. Olio fait signe que non. Le pêcheur raconte que les saumons tardent à remonter la rivière cette année, mais qu'en étant patient on peut piquer de très belles truites.

Le soleil passe la cime des arbres. Notre interlocuteur remarque les ombres qui s'allongent et nous avise qu'il doit retourner voir les siens et préparer ses trois prises. Dans un même élan, il nous invite à poursuivre notre route en pointant l'entrée d'un sentier qui coupe par le bois. Je remarque les tremblements qui brouillent son geste.

Si vous tournez à droite au pied de la deuxième montée, vous finirez par croiser un chemin. Comme j'expliquais à votre jeune frère, pour aller vers la côte, vous n'avez qu'à le suivre et vous allez tomber sur la voie d'accès qui traverse le Parc. Avec ou sans véhicule, c'est le chemin le plus court pour rejoindre la mer.

Le vieil homme nous salue et s'éloigne en direction opposée. Nous cheminons sans rien dire en suivant ses indications. Un peu plus loin, j'interpelle Olio en lui demandant ce qu'il lui a raconté. Le regard triomphant, Olio se retourne et entrouvre son sac dans lequel se trouvent trois belles truites. Je le dévisage.

Nous avons assez de réserves, pas besoin de dévaliser un vieux monsieur.

C'est lui qui me les a données, assure-t-il, juste avant que tu arrives.

DIX-NEUF HEURES CINQUANTE

À l'orée d'un sous-bois, on aperçoit une masse sombre qui déambule entre les arbres. Nous lui laissons le temps de filer dans les buissons avant de poursuivre. Nous n'avons toujours pas croisé le chemin dont le pêcheur nous a parlé. Je commence à douter. Peut-être nous a-t-il raconté n'importe quoi pour nous éloigner de chez lui ? Nous installons notre campement sur le tapis orangé d'une pinède. Nous faisons cuire les truites d'Olio sur le feu. Autour de nous, les troncs se dressent comme des flèches. Nous mangeons en silence, en guettant les ombres à cause de l'odeur de poisson grillé et de l'ours qui rôde.

Le lendemain, on marche pendant plus de quatre heures avant de faire une pause pour s'orienter. Il est midi trente. L'air est lourd et je sens la sueur comme des limaces qui rampent sur ma peau. Il n'y a toujours pas d'indices d'une route à proximité. Je sors la carte et la boussole. Olio se poste à mes côtés. En étudiant le relief, je réalise que nous ne sommes pas du tout là où je croyais.

Je savais qu'il ne fallait pas écouter le vieux, ronchonne Olio en prenant la boussole de mes mains.

Pourquoi n'as-tu rien dit alors ?

Quand on me somme de suivre, je suis, me nargue-t-il.

Agacé par sa remarque, je tente de reprendre ma boussole, mais Olio se lève en la tenant fermement. Je l'agrippe par l'épaule. Dès qu'il sent ma main se refermer sur lui, il se retourne, saisit une poignée de brindilles et me la lance au visage. Quand j'ouvre les yeux, il a déjà disparu dans la forêt.

Je râle, remballe mes choses et pars à ses trousses.

Je presse le pas et parviens à le rejoindre un peu plus loin, à l'entrée d'une clairière.

Redonne-moi ma boussole.

Olio me regarde en haussant les sourcils. J'insiste. Un air malicieux apparaît sur son visage. Quelque chose en moi cède à son charme. Et je rigole aussi.

Qu'est-ce que vous faites ici ? résonne alors une voix au-dessus de nos têtes.

On sursaute.

Là-haut, indique Olio.

Sur une plateforme fixée dans un arbre, une jeune femme est assise, immobile, une carabine entre les mains. Elle nous défie pendant de longues secondes, puis elle descend nous rejoindre.

J'aurais pu vous tirer tous les deux, lance-t-elle, si vous étiez du gibier, je veux dire.

On ne faisait que passer, dis-je, désolé de vous avoir dérangée.

Elle me jauge de la tête aux pieds, puis se tourne vers Olio. La jeune fille a quelques années de plus que lui et le toise en levant le menton.

C'est bon, fait-elle après un moment, allez-y, je vous suis.

Où ça ?

Avec le canon de son arme, elle pointe l'autre bout de la clairière où émergent une petite maison et un hangar déglingué. On dirait deux vaisseaux fantômes amarrés au fond d'une baie.

On avance dans l'air stagnant de la clairière. La chaleur pèse et la lumière est éblouissante. Les herbes collent à nos pantalons. Devant la maison, il y a une autre femme, assise sur le perron, entourée de cinq ou six chats. Elle nous regarde approcher sans broncher, se lève lentement et sort de l'ombre. Les chats l'accompagnent en s'enlaçant autour de ses chevilles.

Vous êtes blessé ? me questionne-t-elle en indiquant ma jambe.

Je boite, c'est tout.

Qu'est-ce que vous faites ici ?

En l'observant, j'oublie la carabine pointée dans mon dos. Je vois les petites lignes des muscles sur ses épaules, ses bras, je vois sa peau tannée par le soleil, ses ongles incrustés de terre, je vois son ventre arrondi, ses seins gonflés.

On va vers la côte, lance Olio avant que j'aie la chance de me ressaisir.

À pied ? s'étonne-t-elle en remarquant nos bottes fendillées.

C'est le meilleur moyen de transport, poursuis-je alors, même quand on boite un peu.

Baisse ton arme, ordonne la femme enceinte à la plus jeune. J'ai dit baisse ton arme. Excusez les manières de ma sœur.

On a eu beaucoup de visiteurs depuis l'automne dernier, justifie-t-elle. Et je ne vous parle pas des types avec le crâne rasé.

La femme lui fait signe de ne pas en dire plus et nous jauge pendant un instant. Qu'on le veuille ou non, nous sommes deux types qui sortons du bois l'air perdus, ahuris, hallucinés. Malgré cela, elle nous invite finalement à l'abri du soleil. On s'assoit à une vieille table à pique-nique, près d'un immense jardin clôturé. Le hangar qui nous prodigue un peu d'ombre est en très mauvais état. Des ronces et des vignes sauvages serpentent entre les planches ajourées, s'agrippent aux montants et débordent de la corniche. La maison est en meilleure condition malgré ses fenêtres placardées, les bardeaux écornés de la toiture et les champignons gros comme des disques accrochés au bois de la galerie. Entre les deux bâtiments, des draps sèchent sur une corde tendue entre deux arbres.

Alors, lance l'aînée en s'assoyant, pourquoi allez-vous vers la côte ?

Olio jette un œil vers moi et lui rétorque que c'est par là que vont les avions.

Les avions ? interroge la cadette, il n'y a plus d'avion dans le ciel depuis plus d'un an !

Nous on en a vu, affirme Olio avec assurance.

Impossible, on les aurait entendus, on aurait aperçu leur trace dans le ciel.

Demandez à mon cousin, rétorque Olio, en me désignant, les yeux étincelants.

Les deux sœurs se tournent vers moi, Olio ne déroge pas de son rôle. Je sens l'étau qui se resserre.

Ce n'étaient quand même pas des avions de ligne, dis-je avec ironie.

Olio m'adresse un sourire discret, heureux que j'invente avec lui, puis il se dirige vers le jardin.

L'aînée reste dubitative. La plus jeune lève les yeux en cherchant de longs traits blancs au-dessus de nos têtes. Le silence qui suit est embarrassant. Les chats errent autour de nous et se frottent sur le cuir de nos bottes. L'aînée me sourit poliment, se lève en se tenant le ventre et disparaît de l'autre côté du mur cotonneux de la corde à linge.

On admire les rangs du jardin soigneusement séparés par de la paille. Les fleurs et les jeunes légumes contrastent avec le vert puissant des plants de tomates, de courges, de haricots, de betteraves, de patates, de poireaux. Je suis estomaqué par les promesses d'un tel potager. La cadette étudie nos gestes. Quand mon regard s'arrête sur le système de tuyaux qui relient le jardin aux barils d'eau de pluie près du hangar, elle s'empresse de dire qu'il s'agit de son idée. Elle et sa sœur n'en pouvaient plus d'aller chercher l'eau au ruisseau matin et soir.

Maintenant c'est facile, conclut-elle, pour arroser le jardin, il suffit d'actionner la pompe à bras pendant quelques minutes.

Du coin de l'œil, je repère Olio qui s'aventure derrière le hangar. J'en profite et me tourne vers la jeune fille.

Dis-moi, c'est quoi cette histoire de gens aux crânes rasés.

Ils doivent être installés dans les environs, réplique-t-elle avec sérieux, car ils sont revenus souvent. Mais ils ont fini par comprendre.

Et ta sœur, dis-je sur un autre ton, elle va accoucher bientôt ?

Il me semble que ça se voit, non ?

Et vous allez rester ici ?

On a toujours vécu ici, répond-elle sèchement, c'est la maison de nos parents.

Je l'interroge d'un haussement des sourcils.

Ils font la sieste. Et vous, répond-elle en pointant mon sac avec sa carabine, vous allez vraiment vers la côte ?

Quelques instants plus tard, l'aînée revient avec une botte de radis, des branches de rhubarbe et deux pots de chou mariné.

C'est pour vous. Pour la route. Vous n'avez qu'à suivre le chemin qui part d'ici. Il rejoint la route d'accès à quelques kilomètres. Autrement, s'enquiert-elle, vous avez tout ce qu'il vous faut ?

Oui, finis-je par dire avant d'appeler Olio, ça devrait aller, merci.

Un chat lâche un miaulement de douleur et sort à toute vitesse du vieux hangar. Olio réapparaît quelques instants plus tard. La jeune fille le fusille du regard. Olio lui sourit bêtement et s'avance vers elle pour reprendre son sac sous la table. La jeune fille se lève, voulant garder ses distances. Un chargeur tombe de sa poche arrière. Olio le ramasse, fait un tour sur lui-même, lui redonne et repart les bras tendus en faisant un bruit de moteur avec sa bouche.

Je salue les deux jeunes femmes avec gratitude, puis on s'éclipse. Lorsqu'on passe devant la maison, la porte entrouverte attire mon attention. Un bidon d'essence trône sur la table de la cuisine.

La plus jeune nous interpelle de loin.

Quand vous arriverez au ponceau, il vaut mieux traverser par le ruisseau.

Pourquoi, lance Olio, il est pourri ?

Non, on l'a piégé.

Nous les perdons définitivement de vue dès que nous nous engageons dans l'allée. Celle-ci trace une longue courbe sous l'emprise verdoyante des arbres. Je m'étonne une fois encore de l'opacité de la végétation, puis je sursaute en butant sur Olio qui s'est arrêté sans prévenir.

Regarde, fait-il, en montrant du doigt un petit espace aménagé en bordure du chemin.

Sous les arbres, il y a deux monticules de terre, avec des croix en bois et des fleurs. Et plus loin, à l'écart, il y en a un autre. Mais celui-là n'a ni croix ni fleurs.

Olio se retourne vers moi.

Pourquoi ont-elles piégé le pont ?

Je pense qu'elles préfèrent ne pas avoir de visiteurs.

Plus tard, nous traversons le ruisseau à gué, comme indiqué. Les pieds dans l'eau, j'observe la petite structure en bois rond recouverte de terre. Je ne vois rien d'anormal. Les troncs ne sont pas sciés à moitié, il n'y a pas de pieux acérés dissimulés en dessous, ni de détonateur collé au tablier. Mais on ne sait jamais.

Ma mère aussi craignait les visiteurs, lance soudainement Olio en franchissant le petit cours d'eau. La nuit, elle coinçait la porte du chalet avec le dossier d'une chaise.

DIX-SEPT HEURES

Le beau temps des derniers jours cède à la pluie en fin d'après-midi. L'eau tambourine sur les feuilles, glisse le long des écorces et tombe par grosses gouttes sur la végétation des sous-bois. L'humidité et la grisaille nous gagnent rapidement et nous finissons par suspendre ma bâche entre quatre arbres pour nous abriter.

Avec des branches sèches arrachées au bas d'un sapin et de l'écorce de bouleau, Olio allume un feu à quelques pas de notre campement. Les flammes montent en crépitant sous la pluie. La lumière nous hypnotise, la fumée tourbillonne et, après avoir mangé les radis et le chou mariné que nous ont donnés les deux sœurs, nous nous étendons en observant les poches d'eau qui se sont formées sur la bâche. Autour, l'obscurité pénètre les arbres. Olio s'endort. Mon corps se relâche en entier et épouse le nœud des racines sous mon dos. Mais je reste éveillé. J'écoute la pluie se déverser sur la forêt. Olio grommelle dans son sommeil. Je consulte l'heure à la flamme de mon briquet. Il est minuit vingt-cinq. De temps à autre, une branche laisse tomber une traînée d'eau accumulée sur la bâche. Il est minuit quarante-cinq. La pluie diminue et le bruit de chaque goutte qui tombe se distingue des autres. Il est une heure trente. Des moustiques cillent à mes oreilles. Olio s'anime, il parle en dormant, mais je ne saisis pas ce qu'il dit, ses mots se confondent les uns avec les autres et la nuit emporte sa voix. Je pense alors aux herbes détrempées qui nous attendent demain. Puis, soudainement, mon jeune compagnon redresse la tête, désorienté.

On était dans un avion de brousse ! commence-t-il, haletant. Le moteur hurlait et, par le petit hublot, on voyait la côte, les caps rocheux, les éoliennes ! Après, il s'est passé quelque chose, un problème mécanique, des turbulences, je ne sais plus, la pilote parlait une autre langue, je ne comprenais rien de ce qu'elle racontait, puis l'avion a piqué du nez vers le noir des épinettes.

Ce n'est rien, lui dis-je doucement, ce n'est rien, seulement un cauchemar.

Olio me toise comme si, moi aussi, je parlais une autre langue. Il finit par hausser les épaules, puis tente de raviver le feu en soufflant dessus. Celui-ci reprend vie miraculeusement. Je jette un coup d'œil à ma montre. Il est deux heures vingt.

Olio se rapproche des flammes, fouille dans ses poches et sort une cartouche qu'il fait tourner entre ses doigts.

Mais qu'est-ce que tu fais avec cela ?

Olio est dos à moi, mais je devine un rictus à la pointe de sa joue. Je le revois alors faire un tour sur lui-même hier après-midi, avec le chargeur de la jeune fille entre les mains.

Pourquoi lui as-tu pris une cartouche ? Qu'est-ce que tu veux faire avec ça ?

Je ne sais pas, admet-il, je voulais seulement tenter le coup. Et ça a marché.

Les braises sifflent en mordant dans le bois, puis montent dans la nuit. Olio s'assoit en tailleur. Je le regarde en me demandant une fois de plus la raison de sa présence à mes côtés.

Ça suffit maintenant. Raconte-moi ce qui t'est arrivé.

Olio fait durer le silence un moment.

À l'automne, mon père est reparti vers la côte pour compléter nos réserves. Les chemins sont encore praticables, disait-il, c'est le temps ou jamais. Mais il n'est jamais revenu. Pour chauffer le poêle durant l'hiver, ma mère allait chercher du bois mort dans la forêt. J'imagine qu'elle espérait voir mon père surgir entre les arbres car, chaque fois, elle rentrait avec des larmes gelées sur les cils. Un jour qu'on l'accompagnait, mon frère et moi, on a aperçu des gens. Ils avançaient sur le flanc de la montagne avec de grosses charges sur le dos. J'ai crié pour qu'ils nous entendent. Ma mère m'a rabroué sèchement et on est retournés sur nos pas sans prendre le temps de ramasser notre fagot de bois. Une fois à l'intérieur, elle a coincé la porte du chalet avec le dossier d'une chaise en blasphémant contre moi.

Olio se pince les lèvres. Ses yeux tremblent dans la nuit. Il a de la difficulté à continuer.

Et alors, dis-je pour le relancer, qu'est-ce qui s'est passé ? Pourquoi n'es-tu plus avec ta mère et ton frère ? Où sont-ils ?

Ma rafale de questions résonne dans la forêt. Olio fige comme un animal apeuré. Il ouvre la main et laisse tomber dans le feu la cartouche qui s'y trouvait.

Je me lance sur lui et le couche au sol de force. Quelques secondes plus tard, une boule de lumière incandescente jaillit dans la nuit. Mes oreilles sifflent sous l'effet de l'explosion. J'ai de la cendre mouillée partout sur le visage. Le feu a été soufflé, ses braises sont éparpillées dans la forêt. Olio se relève lentement avec un air satisfait.

Je suis hors de moi.

Non mais à quoi tu penses ? Le plomb aurait pu partir vers nous, la douille aurait pu exploser en morceaux, tu aurais pu nous tuer.

Je me retourne sur ma couche sans rien ajouter. J'entends mon cœur pulser dans mon crâne. Cet enfant est fou. La pluie noie peu à peu la constellation des tisons éparpillés. Des étoiles mortes qui flottent çà et là dans le noir. Olio se recroqueville près de moi et s'endort d'un coup. Je reste éveillé durant de longues heures en me demandant ce que je vais faire avec lui. Entretemps, je sens son souffle chaud dans mon dos, la nuit est pesante et le ventre de la bâche ploie de plus en plus.

SIX HEURES CINQUANTE-CINQ

Au matin, il fait beau soleil. Nous partons de bonne heure et nous rejoignons finalement la route d'accès. Il y a quelques traces de pneus imprimées sur la chaussée humide, les trous d'eau sont encore brouillés, mais il n'y a personne en vue.

Je marche en observant Olio zigzaguer sur le chemin. On dirait qu'il cherche quelque chose à voir ou à faire comme si avancer sur un chemin plat et droit ne lui suffisait pas. Je repense aux réserves qu'il a dénichées, à ma boussole dans ses poches, à la cartouche qu'il a jetée dans le feu, la veille. Je ne sais pas à quoi il joue. J'ai tenté de lui reparler de sa mère plus tôt aujourd'hui mais il m'a totalement ignoré. Je me convaincs que, d'une manière ou d'une autre, Olio finira bien par se raconter, par s'ouvrir, par se révéler. Que je réussirai à l'avoir.

Un peu plus loin, une sauterelle bondit devant lui. Il la prend en chasse et la poursuit comme un lionceau retors, par le côté. Quand il parvient tout près de sa proie, il prend son élan, saute dessus à pieds joints, puis repart en sifflant. Quelques pas derrière lui, j'observe l'insecte aplati. Ses pattes remuent encore. Je l'achève sous ma semelle.

En milieu d'avant-midi, nous arrivons à un embranchement. Olio lit à voix haute ce qui est inscrit sur une pancarte écaillée.

Chalets disponibles.
Location de chaloupes.
Cinq-cents mètres.

D'où nous sommes, nous pouvons distinguer un lac en contrebas. Un long trait noir entre deux pans de forêt abrupte. De l'autre côté, on voit poindre les premiers sommets du Parc. Je consulte la carte rapidement. Il faut contourner ce lac en suivant la route. Pas le choix.

Viens, dis-je à Olio en partant le premier, continuons notre chemin.

Quand je jette un coup d'œil par-dessus mon épaule, quelques minutes plus tard, Olio a disparu. Je m'arrête, soupire et fais demi-tour. Je reviens à la bifurcation, hèle mon jeune compagnon, puis dévale la descente de gravier qui va vers le lac.

Au bout de l'allée, je devine quelques maisonnettes et une petite chapelle. Les bâtiments semblent entretenus, mais l'endroit est étrangement désert. Je reste sur mes gardes. J'entends un sifflement sur ma droite. C'est Olio. Il me fait signe de le suivre et coupe par la forêt. Je scrute les alentours et lui emboîte le pas.

Nous débouchons sur une pointe herbeuse qui s'avance dans le lac. Une brise légère pousse des vaguelettes étincelantes sur les pierres. Le clapotis est lent et régulier. Plus loin, il y a quelques îles, de maigres îlots de terre peuplés de bouleaux échinés et d'épinettes noires.

On ne devrait pas rester ici, l'avertis-je.

Olio laisse tomber son sac et ses vêtements, puis se lance à l'eau. Il m'invite à faire de même. Je refuse.

Regarde, il n'y a personne, insiste-t-il, le lac est à nous.

Je tends l'oreille. Rien. Que la voix criarde d'un gamin joueur. Une libellule se pose près de moi. Ses couleurs vives détonnent dans le vert profond des plantes. Le lac miroite dans ses yeux globuleux. Olio tente de m'asperger en me demandant ce que j'attends. La libellule repart en bourdonnant et s'enfonce dans le ciel pendant que mes mains, finalement, se relâchent autour de mes bâtons de marche.

Je me déshabille, avance sur le fond vaseux et me lance dans les reflets ondulants du lac. Le soleil a tiédi l'eau en surface, mais elle reste froide en profondeur. Le contraste des températures ravive chacune de mes égratignures. Olio nage dans ma direction en battant des jambes à plein régime. Il effectue de grands cercles autour de moi, plonge sous la surface et réapparaît en criant à quelques centimètres de mon visage. Olio rit, s'éloigne puis se laisse flotter en faisant l'étoile. Je tente de l'imiter, mais je coule à pic dès que j'arrête de bouger.

Comment as-tu appris à nager ?

Comme tout le monde, réplique-t-il en m'éclaboussant, mon père m'a lancé à l'eau et je me suis débrouillé pour regagner le bord.

On s'arrose et on se pourchasse pendant un bon moment, puis on retourne paresseusement vers la rive, à la brasse. Dès qu'on touche le fond, la vase glisse entre nos orteils, l'eau se brouille et nos pieds s'enfoncent. Olio glousse en voyant des bulles visqueuses remonter à la surface. Je jette un coup d'œil vers les herbes. Le soleil est haut. Tout est tranquille, nos choses sont encore là. J'observe les montagnes autour de nous en tentant de visualiser le long tracé de la route qui contourne le lac. Si on pouvait se retrouver par magie sur l'autre rive, on sauverait certainement deux journées de marche.

Un morceau de terre limoneuse heurte mon épaule et me sort de mes pensées. La boue dégouline le long de mon corps. Des éclats de rire fusent vers le ciel. Je me retourne et ramasse à mon tour une poignée de sable mouillé. Olio esquive mon tir et, rayonnant, il se sauve en courant dans l'eau peu profonde.

Essaie encore, me défie-t-il.

Ses pas laissent des marques sur l'eau un peu comme un galet qui ricoche. Mes lancers tracent de grandes courbes dans les airs et ratent lourdement leur cible. Olio s'éloigne toujours, devient hors de portée et disparaît de l'autre côté de la pointe. Je scrute la forêt qui encercle le lac avec une once d'inquiétude. Olio revient peu après en me bombardant de projectiles qui s'effritent avant de retomber. On finit par convenir d'une trêve. Un soleil ardent s'abat sur le lac. Il fait de plus en plus chaud. Je demande à mon compagnon ce qu'il y a de l'autre côté. Il hausse les épaules.

Un quai en bois avec des chaloupes.

Je lui signale qu'il est temps de partir. Olio proteste avant de me suivre, la courroie de son sac sur le front.

On pourrait aller voir dans la chapelle, propose-t-il rêveusement.

À peine a-t-on fait quelques pas que je remarque de l'agitation à l'orée du bois. Dissimulés dans le feuillage, une dizaine d'enfants nous épient. Leurs regards scintillent dans l'ombre. J'hésite. Il vaut peut-être mieux qu'on s'éclipse en longeant la berge. Olio abrège mon dilemme en levant les bras et en lâchant un grand cri. Les enfants détalent alors comme des bêtes maladroites et affolées.

La voie est libre, proclame-t-il en prenant les devants.

Nous rejoignons la route de gravier et filons en vitesse. Nous passons le premier virage, une poignée d'hommes nous interceptent. Le soleil luit sur leurs crânes lisses. Cette fois, Olio se range derrière moi.

Vous êtes perdus ? s'informe l'un des types.

Non, dis-je en cherchant à savoir s'ils portent des armes, on s'est seulement arrêtés pour se baigner.

On reste un moment comme ça, à se dévisager.

Venez avec nous, tranche le type sèchement.

Il avance avec sa bande. Je ne crois pas qu'ils soient armés, mais Olio et moi obtempérons. Il est onze heures quand nous arrivons aux petites bâtisses au bout de l'allée. Ce sont des chalets d'été, tous identiques, de couleur bleu ciel, avec un cabanon et quelques fleurs en façade. Sur le seuil de chacun d'entre eux, des hommes, des femmes, des enfants, nous regardent passer avec de grands yeux ronds. Eux aussi, ils ont les cheveux coupés ras. Au sol, le soleil découpe l'ombre et la croix du clocher. Plus loin, un grand escalier mène à un quai où sont amarrées les embarcations. On nous escorte jusqu'à l'entrée d'une des maisonnettes.

De quoi s'agit-il ? fait une voix à l'intérieur.

Des marcheurs, répond un des types, j'imagine qu'ils vont à la Station.

Qu'ils entrent. Vous pouvez disposer.

Olio et moi restons sur le porche.

Approchez, lance la voix.

Nous faisons quelques pas à l'intérieur. La fraîcheur qui règne contraste avec la journée chaude qui pèse sur la forêt. Un homme avec de longs cheveux vient vers nous. Sa voix grave retentit entre les murs de sa maison.

On le savait que cela allait arriver, et nous étions parés. Maintenant que toutes les lumières se sont éteintes et que le monde entier se dissout en se cherchant une raison d'être, nous sommes de plus en plus nombreux et on se prépare pour la suite. Et vous, êtes-vous prêts ?

Olio et moi remarquons le regard erratique de l'homme. Ses pupilles se promènent indépendamment dans leurs orbites et s'arrêtent de temps à autre pour fixer le vide.

Vous voulez traverser le Parc, reprend l'homme, n'est-ce pas ?

Oui.

Vous avez raison d'avoir choisi la forêt, poursuit-il, mais vous n'allez pas au bon endroit.

Vous ne savez rien de nous, réplique Olio avec aplomb.

Et vous deux, rétorque l'homme, que savez-vous l'un de l'autre ?

Olio se retourne dans ma direction. Je lui signale qu'il est temps de partir. Dehors, les cloches de la chapelle retentissent. L'homme nous rattrape. Il dit qu'on tombe à point, que c'est l'heure du repas et qu'il ne sert à rien de refuser, nous sommes ses invités.

L'instant d'après, un brouhaha se fait entendre et des dizaines d'adultes et d'enfants sortent des différents bâtiments et passent dans l'allée devant nous.

Allez, insiste-t-il, vous avez faim et c'est l'heure de manger.

On suit la petite foule jusqu'à de vieilles tables à pique-nique disposées à l'ombre de grands peupliers. Des gens viennent saluer le type aux cheveux longs et profitent de l'occasion pour nous considérer de près. Des conversations se poursuivent ça et là autour des tables quand on nous sert un filet de truite et de la choucroute. Olio s'empresse de prendre quelques bouchées. Des regards ahuris fusent aussitôt dans sa direction.

Notre hôte se lève et le bourdonnement des voix cesse.

Nous accueillons ce midi deux marcheurs, puisse notre nourriture leur permettre de voir clair dans ce monde obscur.

Lorsqu'il se rassoit, tout le monde entame le repas.

Je présume que vous avez rencontré deux femmes qui vivent seules pas très loin d'ici, relance l'homme.

Les deux sœurs ? s'étonne Olio.

Vous pouvez vous compter chanceux d'être encore en vie, ajoute un type assis à la table d'à côté. Elles nous ont tiré dessus chaque fois qu'on a voulu les aider. Elles ont même abattu un des nôtres sans raison à l'automne.

Elles ne croient en rien, siffle notre hôte.

L'aînée est enceinte, dis-je.

Un trait de nervosité traverse les visages allongés par la mastication.

Il va falloir y retourner, spécifie le type de l'autre table.

Olio me regarde. Dans ses yeux, je vois briller le ponceau piégé par les deux sœurs. Notre hôte écoute notre silence sans rien ajouter.

Après le repas, les gens se lèvent à peu près tous en même temps, débarrassent les tables et disparaissent. Ne reste qu'un groupe d'enfants. Ils s'approchent d'Olio et l'invitent à jouer avec eux. Celui-ci se tourne vers moi.

Laissez-le donc faire à sa guise, intervient l'homme en replaçant ses longs cheveux.

Je pianote sur la table alors qu'Olio rejoint le petit attroupement. L'après-midi vibre de chaleur, le lac a des reflets turquoise et les chaloupes d'aluminium brillent, amarrées au petit quai en bois.

Voyez comme on est bien ici, reprend l'homme avec un calme agaçant. Il a quelque chose de spécial, ce jeune garçon. C'est évident. Pourquoi allez-vous à la Station ? Vous pourriez rester avec nous, vous savez.

Je consulte ma montre, le remercie et me lève en évoquant la route que nous avons à faire avant la nuit.

Je ne vous retiens pas, argue-t-il, reprenez votre chemin, si cela peut vous donner l'impression d'avancer. Mais êtes-vous certain que ce jeune homme veut la même chose que vous ?

Je tempête intérieurement.

Olio revient vers moi avec sa face d'illuminé. Il me prend la main, m'entraîne avec empressement vers le quai. Les enfants nous regardent faire, béats, alors que nous sautons dans une embarcation. Nous tirons sur les rames de toutes nos forces, étonnés que personne ne se lance à notre poursuite. La chaloupe louvoie en s'éloignant de la rive par à-coups. L'homme aux cheveux longs s'avance sur le quai accompagné par les enfants. L'eau du lac est claire, on voit des sangsues onduler sur le fond vaseux.

Et si vous croisez le gardien du Parc, lance l'homme en faisant un porte-voix avec ses mains, dites-lui que nous irons bientôt le visiter.

On coordonne nos mouvements du mieux qu'on peut. Nous atteignons l'autre rive une demi-heure plus tard, soulagés que le petit hameau ne soit plus qu'un chapelet de perles bleues dans le vert épineux du relief. On est aussi heureux d'éviter un grand détour et de filer directement dans le bois avec les montagnes du Parc comme point de fuite.

QUINZE HEURES VINGT

Au moins, le type aux cheveux longs n'avait pas complètement tort, marcher donne l'impression d'avancer. Et nous cheminons depuis hier à travers le bois avec une confiance redoublée. Selon la carte, lorsque nous rejoindrons de nouveau la route principale, nous serons pratiquement arrivés à l'entrée du Parc.

Olio prend souvent les devants. Je le perds de vue çà et là dans la gueule de la forêt et le retrouve plus loin, assis sur une pierre ou juché sur une branche d'arbre. Mais cette fois il tarde à se montrer. Ça fait plus de deux heures. Je presse le pas et tente de le repérer.

Il ne doit pas être bien loin.

Ici, la végétation est basse et de minces bouleaux blancs jaillissent entre d'immenses souches en décomposition, recouvertes de mousses spongieuses. C'est une ancienne coupe à blanc où la végétation repousse patiemment, obstinément, sur l'humus des forêts disparues.

Un froissement dans les buissons me fait sursauter.

Olio, c'est toi ?

Aucune réponse.

Olio ?

Le feuillage frémit encore.

Bon allez, sors de là.

J'hésite un instant. C'est sûrement un petit animal. À moins que ce soit un ours. Je poursuis mon chemin en sifflant pour signaler ma présence. L'impression d'être suivi persiste un moment, mais je parviens à me calmer en marchant. Quand les bruits reprennent derrière moi, mon cœur s'emballe et je me retourne d'un bond, les bâtons en l'air. C'est Olio. Un large sourire fend son visage.

Tu crains encore les bêtes sauvages ? se moque-t-il.

J'expire longuement, à la fois furieux et soulagé. En fin de journée, nous retombons sur la voie d'accès. Elle est déserte et bordée d'herbes hautes. Nos pas retentissent sur la caillasse et font fuir un lièvre. Au-dessus de nos têtes, les montagnes du Parc bombent le torse.

Un peu plus loin, le chemin est entravé par une file de véhicules défoncés. Ils gisent au soleil comme autant de carcasses livrées aux charognards. Olio s'éclipse dans ce labyrinthe de verre et de tôle en direction de l'arche marquant l'entrée du Parc. J'avance en inspectant rapidement les véhicules, mais ils semblent avoir été vidés il y a longtemps déjà. Je crois reconnaître la jeep des types que nous avons aidés il y a une dizaine de jours. Je remarque aussi un minibus monté sur des skis et des trains de chenilles, renversés dans le fossé. Je suis pris d'un étrange vertige devant cette arche des neiges échouée au travers des ronces et du chiendent. Je rejoins Olio sous le portail. La barrière qui ferme le passage est en acier massif. Elle est cabossée par endroits, mais elle n'a pas cédé. Un panneau d'information vandalisé se cramponne au mur de la guérite.

Allô ? lance Olio.

Sa voix se mêle au chant insaisissable des insectes et se perd dans l'air de fin d'après-midi. On se dirige vers le chalet d'accueil sur le côté. Ses portes et ses fenêtres sont barricadées. Je fais le tour de la bâtisse en espérant trouver une façon d'y pénétrer. Il y a des distributeurs automatiques là-dedans, c'est certain. Peut-être qu'ils contiennent encore quelque chose ? Ça serait pas mal d'avoir des provisions supplémentaires avant de se lancer dans le Parc. À l'aide d'un de mes bâtons de marche comme levier, je tente d'arracher le contreplaqué qui bloque la porte d'entrée. En vain. Je risque de briser mon bâton.

Je m'assois sur mon sac. Je contemple les cimes du Parc où de grands pins étendent les bras au-dessus de la forêt, comme s'ils s'apprêtaient à faire le saut de l'ange. Olio a capturé une salamandre et s'amuse à ses dépens. Je l'exhorte à la laisser tranquille.

Il est passé dix-huit heures et la lumière s'est parée d'une teinte orangée. Je me dis qu'il vaut mieux passer la nuit ici, sous le porche, et repartir demain matin. Au même moment, des aboiements font fuir la tranquillité de cette fin de journée. Un gros chien noir surgit du bois avant de se précipiter vers nous. Je bondis et me place devant Olio en prenant mon sac comme bouclier. La bête s'approche en jappant, le poil hérissé. Alors que je cherche un projectile, une silhouette sort de l'ombre et siffle entre ses doigts. Le chien s'immobilise, nous considère avec ses yeux globuleux et vient quémander quelques caresses en bavant à grosses gouttes.

Qu'est-ce que vous faites là ? demande l'homme en approchant.

Le type a probablement la soixantaine. Il est mince et porte une casquette verte ornée du logo jaune d'une marque de tracteur. Il nous observe froidement. Dans un étui à sa ceinture il y a un sécateur, ou peut-être un revolver. Il nous jauge d'un air méfiant.

Regardez, commence alors Olio en allant droit vers l'homme, j'ai trouvé une salamandre. Elle est noire et rouge. Elle est belle, non ?

Les épaules de l'homme se relâchent avant qu'il ne se penche pour examiner la bestiole.

C'est vrai qu'elle est belle, dit-il avant de lever les yeux vers moi. Vous savez, c'est moi le gardien de la place, mais comme vous pouvez voir, tout est fermé ici maintenant.

Je hoche la tête.

Vous allez à la Station, reprend-il, c'est ça ?

Non, dis-je promptement, on veut traverser le Parc.

On se rend sur la côte, renchérit aussitôt Olio. Ils ont l'électricité là-bas.

Le gardien caresse la tête de son chien, dubitatif.

Comment pouvez-vous en être certain ?

En y allant, réplique Olio.

Un sourire traverse le visage du gardien.

Vous êtes encore loin de la côte, mais si vous traversez le Parc vous finirez par y arriver. Ce n'est pas impossible que l'électricité soit rétablie là-bas, il y a des éoliennes partout.

Il s'interrompt un instant. Étrangement, son visage émacié me dit quelque chose.

Ici, quand on a entendu parler de la panne, l'été dernier, reprend-il, personne n'y croyait. Mais comme on ne recevait plus aucune directive, mes collègues sont partis les uns après les autres. Il fallait bien que quelqu'un reste pour fermer le portail.

Je contemple avec hébétude cet embouteillage de véhicules fantômes, au milieu de la forêt.

C'est alors que je le reconnais. Il s'agit de Luperc, le mari de ma tante Hesta. Je ne le voyais pas souvent, parce qu'il était toujours dans le bois. Il a beaucoup changé, les traits de son visage se sont affaissés, ses épaules sont voûtées, mais c'est bien lui. Quand je prononce son nom, un éclair traverse ses yeux. Il me replace.

Je te pensais à l'autre bout du pays ! s'étonne-t-il. Et Hesta ne m'a jamais dit que tu avais un fils. En tout cas, vous faites une belle paire !

Je lui explique rapidement comment j'ai rencontré Olio, mais Luperc est si enthousiaste qu'il n'entend rien et me serre contre lui. Il n'en revient pas que j'aie passé l'hiver au village. Encore moins que je sois en route, à pied, vers le camp de la famille.

En tout cas, c'est plus réaliste que la côte, badine-t-il. Bon, allez, vous devez être affamés. Venez.

Olio laisse tomber sa salamandre comme un vulgaire objet et emboîte le pas à Luperc le long d'un sentier transversal ceinturé de part et d'autre par d'impressionnantes cordes de bois. Au bout, il y a une maison mobile pratiquement neuve, installée sur des blocs de béton. Quatre parois en tôle, une porte centrale, deux fenêtres à guillotine. S'il n'y avait pas la chaise berçante sur la petite galerie, on aurait dit un bunker. Sur le côté, il y a de larges troncs d'arbres prêts à être débités en rondins.

On entre dans la maison mobile. Un parfum de cigarettes colle aux murs, de la vaisselle sale dépasse de l'évier, une grande casserole est posée sur la cuisinière au gaz. Le chien se faufile entre nos jambes, fait le tour de la table, boit quelques lampées d'eau et disparaît dans la pièce du fond. La lumière de fin de journée entre par faisceaux dans la cuisine en striant l'air bleu et stagnant de la pièce.

Luperc nous sert de bonnes portions de ragoût. Les morceaux de carottes contrastent avec la viande et la sauce brune, mais l'odeur est alléchante. On le remercie en dévorant le tout en quelques bouchées.

C'est la recette d'Hesta, précise-t-il en s'allumant une cigarette.

Et où est-elle ? l'interroge Olio la bouche pleine.

Luperc se tourne dans ma direction.

Hesta ? Elle est au camp. Elle a préféré suivre ses frères et sœurs. Pourtant, on aurait été bien ici, tous les deux.

Vous ne mangez pas ? continue Olio.

Plus tard, peut-être, répond Luperc en tirant sur sa cigarette.

Pendant un instant, j'ai l'impression que le temps est arrêté. Une vague de souvenirs remontent en moi. La pierre tombale de ma mère, mon père enfermé dans son garage, la maison trop grande et ma tante Hesta qui, tous les jours, venait me voir avec des plats qu'elle avait préparés.

Je lève les yeux vers l'horloge sur le mur en face. L'aiguille des secondes rebondit sans cesse sur le même chiffre, sans être capable d'entraîner les autres dans la course.

Quelle heure est-il ? me demande Luperc en indiquant ma montre.

Dix-neuf heures vingt-cinq.

Luperc règle son horloge, lui assène un coup et les aiguilles reprennent leur ronde. Olio lèche le fond de son bol, se lève et saisit une balle de tennis qui traînait par terre. Aussitôt qu'il la fait rebondir au sol, le chien surgit en battant de la queue.

Allons sur la galerie, propose Luperc.

Il apporte une seconde chaise à l'extérieur et nous nous assoyons en regardant Olio jouer à la balle avec le chien qui aboie de joie. Le soir plane sur la forêt. L'air est doux. Il n'y a pas trop de moustiques. J'ai le ventre plein. Et, pour une rare fois depuis longtemps, je me sens détendu.

Durant les premières semaines, commence Luperc, ils ont été nombreux à redescendre du Parc. Des randonneurs et des touristes dans des voitures de location. Je n'avais toujours pas reçu de nouvelles du bureau chef. J'ai voulu déguerpir à mon tour. Mais où aller ? Je savais qu'Hesta ne serait pas au village, à m'attendre. C'est alors que, par la fenêtre de la cuisine, j'ai vu arriver le premier convoi. Un petit cortège de trois ou quatre véhicules. Je suis allé à leur rencontre. Ils voulaient se rendre à la Station. J'avais beau leur expliquer que tout était fermé, ils ne voulaient rien entendre. Le lendemain, ils sont partis à pied en abandonnant leurs bagnoles. Par après, d'autres groupes ont débarqués. Certains ont tenté de défoncer le portail. D'autres ont pillé le chalet d'accueil. Au début, j'envoyais mes chiens, mais l'un d'eux a été abattu. Désormais, je n'y vais plus que pour fouiller les véhicules. Avec tout ce que les gens laissent derrière eux, je trouve tout ce qu'il me faut. Même du café et des cigarettes !

Il retire sa casquette et passe sa main sur son front.

C'est bon d'avoir un peu de visite, finit-il par dire. À part ceux qui passent le portail, il n'y a que des types le crâne rasé qui sont venus rôder par ici. Et, crois-moi, ils n'inspirent pas confiance. Autrement, je ne sais pas ce qui se passe à la Station, reprend Luperc. Le système radio a lâché avec la panne. Pourtant, là-bas, tout fonctionne de manière autonome. Dans tous les cas, pour traverser le Parc, je vous conseille d'emprunter les sentiers et de contourner la vallée de la Station. C'est plus long, mais c'est plus sûr. Et avec un peu de chance, vous aurez du beau temps.

C'est ce que nous avions prévu faire, intervient Olio en revenant dans notre direction.

Luperc ricane en disant que mon garçon est tout un numéro, puis il nous parle du temps qu'il fait, raconte qu'il avait vingt-cinq ans quand il a commencé à travailler pour le Parc, évoque les orignaux qui viennent parfois mettre le nez dans les fenêtres de sa maison mobile, pointe les arbres qu'il compte abattre prochainement. La nuit avance dans la forêt. Olio s'endort, la tête sur mes jambes, bercé par le son rassurant de la conversation.

Vous pouvez prendre ma chambre, offre Luperc, je dors toujours sur le divan de toute façon.

Je prends Olio dans mes bras et le porte jusqu'au lit. Le chien rentre aussi, grimpe sur le matelas, puis se couche en boule à côté de lui. Lorsque je suis de retour sur la galerie, la lune se lève au-dessus du relief accidenté du Parc et jette une lumière blanchâtre sur les innombrables cordes de bois le long de l'allée.

Tu en as pour les dix prochains hivers, dis-je curieux.

Il faut bien trouver de quoi s'occuper, se défend Luperc en sortant un flacon de sa poche.

Nous buvons quelques rasades. La chaleur de l'alcool me réchauffe le cœur.

Pourquoi ne viens-tu pas au camp avec nous ? dis-je alors.

Luperc s'assombrit aussitôt.

Je ne sais pas si tu t'en rappelles, mais je ne me suis jamais très bien entendu avec les frères d'Hesta. Sans parler de Darès. Je ne crois pas que je serais le bienvenu. De toute façon, je préfère m'organiser de mon bord. En paix. Mais toi ce n'est pas pareil, admet Luperc en se voulant rassurant, tu fais partie de la famille.

Je pense à mon oncle Darès. C'est vrai qu'il est intraitable. C'est le plus vieux des frères. Il n'y a que Diane qui n'a pas peur de le confronter. Et Boccus, parfois.

Luperc en profite pour changer de sujet et me questionne sur l'état des routes. Je lui raconte que plusieurs ne seront bientôt plus praticables. Sans compter les barrages. Il m'écoute en fronçant les sourcils puis tourne la tête vers l'épaisseur de la forêt. La nuit dure jusqu'à ce que nous ayons vidé sa flasque et fumé le reste de son paquet de cigarettes.

Le lendemain matin, Olio et moi nous réveillons avec le jour. Luperc, lui, est déjà levé. Il sirote un café en guettant par la fenêtre de sa cuisine.

Je vous ai préparé un sac de provisions. Avec ça, vous pourrez tenir un bon bout. Aussi, j'aimerais que tu remettes quelque chose à tante Hesta de ma part, précise-t-il en me tendant une lettre pliée en quatre.

Après le déjeuner, on remercie Luperc et on remet nos sacs sur notre dos. Je dansotte pour équilibrer mon paquetage alourdi par les réserves supplémentaires.

Vous verrez, nous lance Luperc en gardant son chien près de lui, le sentier est bien balisé. Il y a des refuges tous les vingt kilomètres ou presque. Et la vue est magnifique du haut des crêtes.

Je lui assure que je livrerai sa lettre. Son regard s'illumine un instant, puis redevient évasif. Il donne un coup de pied dans une pierre et la regarde rebondir dans l'herbe. Ses cheveux clairsemés flottent dans la brise.

Tout est fermé ici, explique Luperc en ravalant quelques larmes, mais moi je guette encore. Dis à ta tante que je suis là, que je ne bouge pas et que... et que je pense à elle. Allez, maintenant partez, j'ai du bois à fendre.

Nous le saluons, longeons les bûches méticuleusement alignées, passons devant l'embâcle de véhicules abandonnés, puis nous nous glissons sous le portail. Devant nous, les sommets du Parc cachent un grand pan du ciel. Olio ouvre le chemin, coiffé d'une casquette verte et jaune. Bientôt, l'écho de coups de hache résonne dans la forêt et se perd entre les flancs des montagnes.

MIDI

Nous nous enfonçons dans le Parc. Les montées sont abruptes, les descentes sillonnent les escarpements et des rivières écument au fond des vallées. Mis à part quelques arbres tombés durant l'hiver, le réseau de sentiers est encore en bon état. Des passerelles courent au-dessus des ruisseaux, des escaliers de pierres facilitent certains passages, des indications balisent les chemins de randonnée et des plateformes en bois ont été aménagées pour observer le panorama. Chaque nuit, nous dormons dans un refuge. Ce sont des constructions très simples. Quatre murs, un toit et deux bases de lit en bois. L'air et les moustiques passent entre les planches, mais au moins on est au sec.

Les jours de marche s'enchaînent pas à pas, les paysages se fondent les uns aux autres et nous ne croisons plus personne. Les sentiers du Parc sont de longs couloirs de verdure et, si ce n'était du bruissement des bêtes qui s'éloignent dès qu'elles détectent notre présence, on se croirait seuls au monde.

Plus tard, Olio m'attend près d'une petite mare où des herbes hautes et des quenouilles enserrent des arbres morts sur pied.

C'était la nuit, commence-t-il le regard plongé dans le décor, la porte du chalet était ouverte. Je pensais à la chaise coincée sous la poignée et je ne comprenais pas comment cela avait pu se produire. Que je ne me sois pas réveillé. Le froid rampait jusqu'à nos lits. J'ai appelé ma mère une fois, deux fois, trois fois. Mon petit frère s'est réveillé en pleurant. Je l'ai rassuré comme j'ai pu en lui expliquant que notre mère était sortie prendre l'air. J'ai fait du feu, j'ai préparé de la soupe et j'ai attendu. J'ai attendu encore. Au matin, il n'y avait plus que des cendres dans le poêle et la soupe était froide. J'ai habillé mon petit frère pour sortir. La neige était piétinée à l'entrée du chalet. Des gens étaient venus. Les traces partaient dans la forêt. On les a suivies jusqu'à ce que la nuit tombe. Mon petit frère gémissait. Il a fallu revenir sur nos pas. Puis on a passé le reste de l'hiver dans le chalet, en rationnant nos provisions, en priant pour que nos parents reviennent et que tout redevienne comme avant.

C'est une histoire terrible, dis-je, estomaqué.

Olio renifle. Je tente de m'approcher de lui. Je le comprends. Je connais le poids de l'hiver et, même si une part de moi se méfie encore un peu de ce qu'il raconte, je partage son désarroi.

Alors que je mets la main sur son épaule, un castor surgit entre les nénuphars et tape la surface de l'eau avec sa queue pour nous faire peur. Olio sursaute, se rebiffe, prend son sac et repart en maugréant, comme s'il avait été pris en faute.

Nous nous arrêtons plus tard pour manger sur un sommet arrondi par la pluie et le vent. Il est midi tapant et nous sommes écrasés de chaleur sous la lumière drue. L'endroit est couvert d'herbes jaunies, de buissons rêches et de quelques fleurs violettes. Des rapaces quadrillent les alentours. On s'adosse à un rocher pour grignoter quelques biscuits secs et du jambon en flocons. Devant nous, la pente plonge tête la première vers la courtepointe des arbres et des cours d'eau.

Olio m'observe alors que je bois le jus de la conserve de jambon. Je me retourne vers lui en essuyant les gouttes qui perlent sur ma moustache.

Il ne faudra pas tarder, dis-je en sondant les nuages qui s'emparent de l'horizon. Il va bientôt pleuvoir.

Allons-y, me nargue-t-il en imitant ma voix, il va bientôt pleuvoir.

On amorce la descente en longeant une crête. De chaque côté, de larges vallées creusent le paysage.

Nous arrivons au refuge en fin de journée, alors que les nuages ont déjà entamé le ciel. Une fois à l'intérieur, nos gestes sont les mêmes que lors des nuits précédentes. On dépose nos affaires en soufflant, on défait nos bottes, on allume une chandelle, on s'assoit l'un en face de l'autre, puis on mange en évaluant la route du lendemain sur la carte. Lorsqu'on s'étend sur nos lits de bois ce soir-là, les oiseaux, les insectes et les créatures de la nuit se sont tus. On n'entend plus que le vent qui secoue les branches d'arbres et la pluie qui s'est mise à tomber.

Olio m'interpelle en tenant un petit objet.

Regarde ce que je viens de trouver sous le lit.

Sa voix rompt les charmes du sommeil qui s'enroulaient autour de moi. Je me frotte les yeux et relève la tête. C'est un appareil photo numérique. Olio tente de l'activer, mais l'écran reste noir.

Il est foutu, dis-je, c'est certain.

Olio me repousse, prend les piles de ma lampe frontale et les insère dans l'appareil. Une lueur bleutée jaillit dans la pièce.

Approche.

Je prends place à ses côtés, mi-endormi, mi-curieux. La première image nous apparaît comme le souvenir d'un temps révolu.

Un couple et trois enfants s'entassent devant l'objectif. L'homme tient l'appareil à bout de bras. Leurs sourires irradient alors qu'en arrière-plan les montagnes sont d'un ton pastel. On dirait presque une affiche publicitaire tellement ces gens semblent heureux.

Olio passe rapidement à une autre photographie. La femme marche avec les enfants sur un sentier. Ses cheveux sont soigneusement tirés vers l'arrière, le cadre de ses lunettes brille au soleil et sa veste en polar s'ouvre légèrement sur sa poitrine.

L'image suivante est sombre. L'homme est agenouillé devant un feu et regarde vers la caméra. Le logo de ses vêtements dernier cri est bien visible. Sur le sol, on devine quelques sachets de nourriture déshydratée, un GPS et une lotion anti-moustique.

Le contraste est saisissant lorsque je pense à mes bottes percées, mes pantalons sales, mon sac rafistolé.

Où sont-ils, ces gens-là, aujourd'hui ? demande-t-il en faisant défiler les images de plus en plus vite.

Je hausse les épaules. Les yeux de mon jeune compagnon se remplissent d'eau. Il retire alors les piles de l'appareil et le mirage du passé s'évanouit.

Et ton petit frère, finis-je par risquer, où est-il ?

Olio se détourne, prend son élan et lance l'appareil sur le mur. Les morceaux s'éparpillent au sol.

Là, il est foutu, déclare-t-il.

Je parviens à masquer ma consternation en me convainquant qu'il vaut mieux ne pas réagir aux impulsions de ce garçon. Pendant ce temps, des rafales font vibrer la porte du refuge comme si quelqu'un tentait de l'ouvrir.

Parle-moi plutôt de tes oncles et de tes tantes, reprend Olio.

Surpris, j'inspire, me racle la gorge et m'adresse à lui en regardant les ombres que la flamme de la bougie dessine au plafond.

Ce sont les frères et les sœurs de ma mère. Ils parlent fort, s'esclaffent, ils jouent aux cartes, ils chassent et travaillent comme des acharnés. Ça fait longtemps que je ne les ai pas vus. Mais j'imagine qu'ils n'ont pas changé. Il y a mon oncle Nep. Il nous donnait souvent un coup de main au garage. C'était le seul qui s'entendait avec mon père. Il y a Hesta, la femme de Luperc, puis il y a les autres : Herman, Boccus, Diane, Darès. Ils m'amenaient toujours au camp avec eux. Au printemps pour ouvrir la place, l'été pour entretenir les sentiers, à l'automne pour la chasse. Je me souviens, chaque fois qu'on partait, mon père rageait parce qu'il perdait deux paires de bras.

Et s'il n'y avait personne au camp ? me court-circuite Olio.

Impossible.

Mais si c'était le cas, on irait où après ?

La pluie résonne sur le toit et les bourrasques génèrent un vacarme opaque. Olio s'impatiente et ressort la carte.

Moi je le sais. Ici, pointe-t-il.

Je me penche pour voir mais, au même moment, un violent coup de vent ouvre la porte, souffle la carte et nous plonge dans le noir. Olio se relève pour fermer la porte pendant que je cherche mon briquet en tâtonnant.

On dirait que j'entends une voix, lance-t-il, en tendant l'oreille vers la tempête.

Ce n'est que le vent. Allez, ferme la porte que je rallume la chandelle.

Non, c'est vrai. Viens écouter.

Il est tard. Je me déplie lourdement et le rejoins sur le seuil. Les rafales abattent la pluie au sol. L'eau ruisselle de partout. Les feuilles s'agitent. On croirait entendre un troupeau d'animaux invisibles traverser la forêt.

C'est le vent, que veux-tu que ce soit ?

Mais, après un moment, je perçois moi aussi quelque chose derrière le tumulte de la tourmente. J'ai beau rester sceptique, quand ça recommence, il n'y a plus de doute. Ce sont des appels à l'aide.

MINUIT

Olio fait deux pas dans la nuit. J'entends ses vêtements claquer sous l'effet des bourrasques. Les gouttes d'eau éclatent bruyamment sur les feuillages. Un faisceau de lumière perce l'obscurité.

On y va ? me demande-t-il en ajustant ma lampe frontale sur sa tête.

La pluie balaie tout ce qu'il éclaire. Le vent fait trembler les feuilles. Les cimes des arbres se balancent et se heurtent les unes aux autres. On marche dans la forêt noire et agitée, le cou baissé, comme si une enclume pesait sur nos têtes. Le sol est gorgé d'eau. Nos pieds s'enfoncent dans la vase. Mon genou me fait sourciller et je regrette d'être parti sans mes bâtons. On s'arrête pour tendre l'oreille, mais le grésillement de la pluie est assourdissant.

Hého ? crie Olio en joignant les mains en porte-voix.

Aucune réponse. Nous sommes détrempés. Olio quitte le sentier en coupant par le bois. Je ne suis pas certain que ce soit une bonne idée. On risque de s'égarer dans la nuit. Les arbres se ressemblent tous.

J'avance en me démenant dans les branches jusqu'à ce que je bute sur Olio qui s'est immobilisé. Sa lumière m'aveugle quand il se retourne vers moi. L'eau ruisselle sur nos visages et s'engouffre dans nos bouches entrouvertes. Olio pivote en faisant un signe de la main et la tempête marque une brève pause dans sa danse.

Hého ! crie-t-il à nouveau.

Ici ! On est ici ! fait alors une voix emportée par le vent.

On se fraie un chemin entre les écorces qui reluisent dans la lumière de la frontale. Les troncs plient et craquent au-dessus de nos têtes. Des branches mortes tombent autour de nous et se fracassent au sol. Un peu plus loin, nous repérons deux silhouettes abritées sous la ramure d'un sapin. Un homme et une femme. Olio les éclaire alors qu'ils sortent de leur repaire et viennent à notre rencontre.

Merci, merci, répète la femme, merci.

L'homme lève la main pour ne pas être ébloui par la lumière.

Il y a un refuge pas loin d'ici, n'est-ce pas ? N'est-ce pas ? insiste-t-il, la voix cassée.

Oui, dis-je un peu décontenancé, mais qu'est-ce que vous faites là ?

Avant même qu'ils aient le temps de répondre, des pleurs de nourrisson jaillissent du manteau de la femme.

Plus tard, grogne l'homme, on vous racontera plus tard, emmenez-nous à l'abri pour le moment. Je vous en prie.

Suivez-moi, lance Olio en repartant dans la forêt ruisselante.

Nos deux rescapés lui emboitent le pas. Je ferme la marche en observant l'homme chanceler sous le poids de son sac. Un éclair révèle la posture sinistre des arbres qui nous entourent. Quand le tonnerre éclate peu après, l'homme sursaute et perd pied sur le sentier boueux. Je l'aide à se relever alors qu'il maudit son sort. Nous rejoignons Olio et la femme.

Il est minuit tapant quand notre petit convoi franchit la porte du refuge, trempé et ahuri. L'homme se départit de son sac et se laisse choir sur un des lits de bois. La femme s'empresse de sortir le poupon de son écharpe.

Tenez, me conjure-t-elle, prenez-la un instant. Vous n'avez qu'à lui tapoter le dos doucement.

Interloqué, je tends les bras vers la petite chose qui hurle et tente de la réconforter dans le creux de mon épaule. Je crois que c'est la première fois qu'on me confie un enfant de cet âge. J'essaie de rester calme, mais mon pouls accélère. Je lui frotte le dos, je la berce, je fredonne. Rien n'y fait. Dehors, les bourrasques tournent autour du refuge comme des fauves voraces.

Pendant ce temps, la femme sort une trousse de premiers soins de leur sac et se penche vers son compagnon pour l'aider à se défaire de ses vêtements. Je reste frappé de stupeur en voyant sa chemise imbibée de sang. Une plaie profonde luit juste au-dessus de sa clavicule. L'homme peste et grommelle alors que la femme examine et désinfecte le tout avec des lingettes d'alcool.

Ça va aller, soupire-t-elle en l'embrassant, la balle a traversé sans toucher les os.

Qu'est-ce qui s'est passé ? parviens-je à articuler alors que l'enfant sanglote sans relâche.

L'homme reste immobile, une main sur l'épaule, la tête renversée vers l'arrière. Une odeur âcre règne dans le refuge. Un mélange d'humidité, de sueur, de sang séché et d'urine d'enfant. La femme se tourne dans ma direction. Ses yeux exorbités sont rouges de fatigue.

On a fui la Station, explique-t-elle en pansant la blessure de l'homme, c'est ça qui s'est passé.

Les cris de la petite résonnent toujours dans le refuge. Je ne sais plus quoi faire. Olio me fait signe de lui passer l'enfant. Il l'enveloppe dans sa couverture dorée et s'assoit avec elle dans un coin. La petite se calme aussitôt. Je relance nos rescapés.

D'accord, vous avez fui la Station, mais qu'est-ce qui se passe là-bas ?

La femme soupire lourdement, nous demande de nous retourner, elle veut enfiler des vêtements secs. On obtempère en fixant le mur de bois. Pendant qu'elle se change, le vent longe les murs du refuge et la flamme de la chandelle vrille dans les courants d'air.

C'est là qu'on se rend, lance alors Olio pour les faire parler, on veut savoir !

N'allez pas là, râle l'homme, surtout n'allez pas là. Il y a trop monde, pas assez de ressources, les gens perdent la tête, c'est le chaos.

La femme reprend sa fille des bras d'Olio, vérifie sa couche de tissu et lui donne le sein.

C'était mon troisième été comme employée du Parc, précise-t-elle. Lorsqu'on a entendu parler de la panne, on était au cœur de la haute saison et on était trop occupés pour s'inquiéter. De toute façon, à la Station, tout fonctionne avec des génératrices. Même les touristes se moquaient de ce que racontaient les bulletins télévisés. Ils allaient toujours en randonnée, au spa, au restaurant. Mais quand les livraisons se sont fait attendre et que le réseau satellite a lâché, il y a eu un mouvement de panique. Les vacances étaient terminées. Certains ont fui en se disputant les véhicules et l'essence disponibles. D'autres, comme nous, ont préféré rester sur place en se pensant à l'abri des soubresauts du monde.

Après s'être abreuvée goulûment, la petite s'endort, lovée contre sa mère.

Au début, ça se passait plutôt bien. On est parvenus à distribuer des tâches, à se partager les espaces, à dépasser la barrière des langues. On était une centaine peut-être, mais on avait tout ce qu'il fallait. Et même quelques heures d'électricité chaque soir.

J'ai réalisé que j'étais enceinte à l'automne, juste avant que les premiers groupes se pointent. C'étaient des petites bandes, des familles pour la plupart, qui avaient abandonné leur véhicule à l'un ou l'autre des portails du Parc et qui avaient remonté la route d'accès à pied. Ils arrivaient souvent mal équipés, épuisés, affamés. Les nuits commençaient à être froides. Il n'était pas question de les laisser en plan. Puis d'autres sont arrivés, et encore. Quand la neige a définitivement bloqué les routes, les trois hôtels de la Station étaient pleins à craquer.

À la fin de l'hiver, les génératrices étaient à sec et les vivres commençaient à manquer. Des clans se sont formés, la confusion régnait et on ne savait plus vraiment qui prenait les décisions. La petite est née au travers de tout ça, au printemps. Avec le beau temps, des gens affluaient de nouveau à la Station. Désormais, ils étaient forcés de s'installer dans des campements de fortune. Et pour avoir le droit de rester, ils devaient rapporter de la viande. En l'espace de quelques semaines, la base de la Station s'est couverte de tentes et de bâches tandis que la forêt des alentours a été envahie de chasseurs empressés.

On ne voyait pas comment tenir un autre hiver là-bas. Surtout pas avec la petite. On a décidé de partir. Mais ce n'est pas si simple. Il y a des sentinelles postées partout autour de la Station. Personne n'a le droit de sortir du matériel ou de la nourriture, sauf pour la chasse. On a filé ce matin à l'aube en espérant pouvoir se faufiler par la forêt. Mais on a été repérés juste avant d'atteindre la ligne des arbres.

Et on s'est fait tirer comme des lapins, s'énerve l'homme, le visage décomposé par la douleur.

La femme le rabroue. Il ne doit pas bouger, sinon la plaie ne se refermera pas. Je fais passer des conserves de thon et un paquet de noix. Nous mangeons en silence en écoutant les hurlements du vent et en regardant dégoutter les vêtements suspendus aux chevrons.

Quand j'y repense, reprend la femme, je n'arrive pas à croire que vous nous avez entendus dans la tempête. Mais vous, d'où venez-vous ?

Notre avion s'est écrasé pas loin d'ici, lance Olio.

Ça y est, me dis-je, c'est reparti.

Votre avion, vraiment ? s'étonne l'homme en nous étudiant du regard. Vous vous en êtes plutôt bien tirés.

Dehors, le vent souffle avec violence et l'air siffle entre les planches du refuge. On se croirait dans une carlingue qui trace des vrilles incontrôlées dans le ciel.

On a eu de la chance, fais-je pour couper court, ceux qui étaient avec nous sont morts sur le coup.

Olio glousse en me voyant embrasser ses stratégies. Mais la conversation tombe à plat. Je consulte ma montre. Les aiguilles indiquent deux heures quinze. L'homme sombre dans le sommeil, la tête affalée sur la poitrine. On souffle alors la chandelle et l'obscurité gagne la pièce. Olio s'allonge par terre, près des sacs. Quant à moi, je me laisse bercer par le rythme de la pluie et les branches d'arbres qui grincent sur l'ossature fragile du refuge. Je suis épuisé. Pourtant, je n'arrive à dormir. Une question me taraude.

Et où comptez-vous aller ?

On va probablement rester quelques jours ici, me répond la femme à mi-voix, pas le choix. Après ça, on va sortir du Parc par les sentiers. Il y a un ancien village minier plus creux dans les terres. On connaît des gens dans ce coin-là. On pourra se poser un peu. Ensuite on verra.

Je suis saisi par le fait qu'ils s'apprêtent à faire le même chemin que moi. Mais à rebours.

Vous avez tout ce qu'il faut ?

On a la carte du Parc, avec les sentiers et les refuges, le nécessaire pour la petite et des rations pour une dizaine de jours. Ça devrait aller.

Je calcule rapidement. Ce n'est pas assez. Spontanément, je lui dis de s'arrêter à l'accueil et d'aller voir le gardien.

Vous n'avez qu'à lui dire que c'est moi qui vous envoie, poursuis-je. Il s'appelle Luperc. Il vous aidera, j'en suis certain. C'est mon oncle. Il nous a donné des provisions pour traverser le Parc.

Elle acquiesce et me remercie avec une pointe de méfiance dans la voix. Je réalise alors que je viens de contredire l'histoire d'avion, inventée par Olio.

On marche depuis le début, finis-je par admettre en me tournant vers Olio. Ses yeux bien ouverts luisent dans l'obscurité.

Ça me fait penser, dit-elle, il y a un hydravion à la Station. Celui des patrons. Il devait être réparé, mais avec la panne il est resté amarré sur le bord de la rivière et personne n'a osé y toucher. Vaut mieux se fier à ses jambes, n'est-ce pas ?

Un bruit terrible fait trembler le refuge comme une caisse de résonance. Une branche vient de s'abattre sur le toit. L'homme se redresse, haletant, prononce une phrase inaudible, puis se rendort aussitôt. La petite se réveille en hurlant.

Tout va bien, murmure sa mère, ce n'est rien.

J'imagine un instant l'impact d'un arbre entier sur le refuge. La tôle ouverte, les chevrons désarticulés et les éclats de nuit au-dessus de nos têtes. La femme chantonne une berceuse. Sa voix emplit la pièce. Je crois reconnaître le refrain. La petite s'apaise peu à peu. De l'autre côté des murs, même la tempête semble s'adoucir.

SIX HEURES DIX

Le matin perce le couvert nuageux. La pluie et le vent ont cessé. Une lueur grise suinte par la fenêtre du refuge. Olio est assis à mes côtés, son sac sur les genoux. Sur l'autre lit, la femme habille la petite pendant que l'homme examine sa plaie.

Après avoir mangé une bouchée, je sors quelques conserves et les offre au couple qui me dévisage, surpris.

Prenez-les, vous en aurez besoin.

Ils me remercient et, pendant que je lace mes bottes, ils nous conseillent vivement de changer nos plans, de ne pas aller à la Station. Je hoche la tête.

Olio fait caqueter la petite en faisant des mimiques. Quand il se redresse prêt à partir, la femme sourit en disant qu'on ne peut démentir nos airs de famille. On rit. On leur souhaite bonne chance, puis on ouvre la porte du refuge.

Un voile de brume pèse sur la forêt. Des branches jonchent le sol et des feuilles sont emportées par l'eau qui ruisselle entre les nœuds sans fin des racines. Des arbres dépouillés par le vent penchent les uns sur les autres, épuisés par la valse terrible de la veille. Olio sort le premier. Ses pas font friser l'eau du sol. J'empoigne mes bâtons et me lance à mon tour dans ce décor échevelé, transpercé en tous sens par le chant rutilant des oiseaux.

On s'encastre dans la végétation moite en enjambant des têtes de conifères décapités par la tempête. Le sentier est raviné par la pluie. Pour ne pas que la terre s'agglutine à nos semelles et plombe chacun de nos pas, on tente de poser les pieds sur les pierres dénudées par le ruissellement. On contourne des bouquets d'arbres renversés. Des racines brisées dépassent des mottes de terre qui ont été arrachées au sol. On avance en scrutant l'eau trouble accumulée au fond de ces trous d'obus.

Le soleil se fait sentir peu à peu à travers la grisaille. La chaleur gonfle la forêt et l'humidité s'élève en volutes comme si la végétation se consumait de l'intérieur. Notre progression est laborieuse. Les arbres tombés en travers du chemin sont nombreux. Nous serpentons entre ces mastodontes échoués sur le sol en essayant de ne pas perdre le sentier de vue. Je consulte ma montre à répétition. Il est neuf heures trente, il est onze heures vingt, il est midi cinquante.

Tu as un avion à prendre ? badine Olio en se glissant sous un chicot incliné.

Je fais comme si je n'avais pas entendu. Il me regarde allonger le pas d'un œil moqueur. Au-dessus de nos têtes, le ciel s'est entièrement dégagé. Des faisceaux de lumière percent les feuillages épars.

Un peu plus loin, on achoppe sur un vaste amoncellement d'arbres rabattus au sol. Pendant un moment, nous avons de la difficulté à comprendre ce que nous voyons. C'est un chablis. La forêt a été couchée sur un pan entier de la montagne. En une nuit, la tempête a balayé le patient travail d'ascension des arbres. Il ne reste plus qu'une mer de troncs renversés et des branches en éclisses. Impossible de traverser ça. Il faut faire le tour.

Olio resserre la courroie de son sac et, en quelques acrobaties, il escalade l'embâcle d'arbres rompus.

Viens voir, me lance-t-il d'en haut, d'ici on dirait des dominos tombés les uns sur les autres.

Sa silhouette, à contre-jour dans la lumière de l'après-midi, se confond aisément aux branches entremêlées. Il est quatorze heures vingt.

Arrête de regarder l'heure et viens ! insiste-t-il.

Non, vaut mieux passer ailleurs, autrement on risque de ne jamais retrouver le sentier.

Je l'entends murmurer quelque chose puis il disparaît dans le chablis. Je serre les mâchoires, attache mes bâtons de marche sur le côté de mon sac et grimpe à mon tour sur le dos de ce monstre de bois éclaté.

On gravit, on s'accroche, on enjambe, on monte, on redescend, on recommence. Je vais lentement pour ménager mon genou. S'il flanche, je vais perdre pied et finir empalé sur des branches cassées. Olio, lui, saute d'un tronc à l'autre avec agilité, comme s'il savait d'avance où trouver ses appuis. Je tente de ne pas le perdre de vue. Je me fraie un chemin dans ce chaos de ramures, d'écorces, d'aiguilles. Les égratignures se superposent sur ma peau, mon sac reste pris dans les branches, mes mains sont couvertes de gomme de pin. La traversée dure des heures. Toute mon attention est dirigée vers mes points d'appui et, comme un draveur sur une rivière figée, j'avance avec précaution d'un arbre à l'autre.

On parvient finalement de l'autre côté du chablis. Je m'assois sur mon sac pour reprendre mes esprits pendant qu'Olio s'amuse à mes dépens en pointant mes éraflures, mes ecchymoses et une déchirure au bas de mon pantalon.

On mange une conserve de feuilles de vigne en consultant la carte. Nous sommes à quatre kilomètres à peine de la vallée où se trouve la Station.

Olio range la carte et se redresse, prêt à continuer.

Regarde, interviens-je, il est dix-neuf heures cinquante, la nuit s'en vient. Et moi j'ai mal partout. Vaut mieux dormir ici, à la belle étoile. Et demain, au lever du soleil, on décolle. C'est bon ?

CINQ HEURES VINGT

On s'active dès les premières lueurs de l'aube. Nous relocalisons le sentier qui zigzague dans les bois vers la Station. Une heure plus tard, nous parvenons à un belvédère en bois qui surplombe l'endroit.

Les pistes de ski découpent en lanières un grand pan des sommets qui enserrent la vallée. Les chaises des téléphériques sont suspendues dans les airs, immobiles et vides. Les restes calcinés d'un chalet perché en haut des pentes pointent vers le ciel. En bas, près de la rivière qui serpente, les trois hôtels de la Station se dressent avec leurs balcons, leurs fenêtres et leurs antennes. Une mer multicolore de bâches et de tentes s'étend à leur pied.

On plisse les yeux pour distinguer ce qui s'y passe. Il y a des silhouettes minuscules qui se meuvent d'un point à un autre, des feux de camp qui fument au travers de la mosaïque des tentes de fortune, des jeeps de travers des deux côtés de la route d'accès.

Ça nous prendrait une longue-vue, dis-je, en cherchant à repérer les sentinelles.

Un coup de feu résonne quelque part dans la vallée. Les montagnes nous renvoient son écho en fragments. Ça doit être les chasseurs qui quadrillent les environs.

Regarde, s'exclame Olio en indiquant un hydravion jaune sur le bord de la rivière, la femme ne mentait pas, finalement.

Je lui lance un coup d'œil interrogateur.

Bien quoi, se justifie-t-il, on ne sait jamais. Sais-tu ce que j'ai trouvé dans leurs sacs ?

Je secoue la tête, las de ses manigances.

Regarde, brille-t-il en déposant une liasse de billets de banque sur la balustrade du belvédère. Il y en avait plein des comme ça. C'est étrange. Tu crois que ça peut encore servir ?

Aucune idée, fais-je déconcerté, pour jouer aux cartes, peut-être.

Je dis cela, mais je ne sais plus quoi penser. En fait, je m'en fiche. On est à la Station. En suivant le sentier qui longe le haut des pistes, on passera devant le chalet incendié, puis on rejoindra la route d'accès à la sortie du Parc. De là, il ne nous restera plus qu'une journée de marche.

Tu es certain que tu ne veux pas qu'on s'approche un peu ? relance Olio en pointant l'intrigant complexe hôtelier. Allez, juste pour voir ?

Je me rebiffe et reprends la marche avant de lui laisser la chance de faire à sa tête. On contourne la vallée par la dorsale des monts, puis on redescend sur l'autre versant des montagnes du Parc. Plus nous perdons de l'altitude, plus il fait chaud et humide. La végétation devient lourde et luxuriante. Nous replongeons dans les arcades vertes. Les sommets rocailleux de la Station sont déjà loin derrière.

La journée tire à sa fin lorsque le sentier débouche sur la route d'accès. On hésite un instant avant de s'y engager. Le portail est défoncé et le chalet d'accueil semble avoir été pillé et squatté à plusieurs reprises. Dans un grand stationnement de pierre grise, il y a un bon nombre de véhicules abandonnés dont un autobus scolaire.

L'endroit semble désert.

On décide de s'installer dans l'autobus pour la nuit. Après avoir mangé, on s'allonge comme on peut sur les bancs de faux cuir. Je tourne sur moi-même dans mon sac de couchage en cherchant le sommeil. Je pense au camp de ma famille. Nous y sommes presque. J'ai du mal à y croire.

Olio éclaire le plafond avec la frontale.

Au fond, j'aimais bien l'école, finit-il par dire. L'autobus me prenait tous les matins au coin de la rue. En classe, avec mes amis, on rigolait sans cesse, mais on avait les meilleures notes. Je ne les ai pas revus depuis la panne. Et je n'ai aucune idée de ce qui leur est arrivé.

HUIT HEURES CINQ

Ce matin, au moment de repartir, Olio fixe longuement l'autobus immobile dans le terrain vague. Je le prends doucement par l'épaule et l'emmène avec moi, à l'abri du passé, sous la couverture de la forêt.

Ici et là, entre les feuillages épais, on devine l'ampleur du ciel, la pesanteur des nuages, la chaleur des percées de soleil. On suit un petit cours d'eau qui file dans un sous-bois touffu. Le lierre et la vigne sauvage s'entortillent autour des branches pour boire le jour. On enjambe de vieux troncs morts, on traverse des talles d'herbes plus hautes que nous, on franchit des buissons inextricables.

Sans dire un mot, on marche dans les enchevêtrements. Olio me précède tout juste de quelques pas. Il ne me devance pas comme il en a l'habitude. Bientôt il s'arrête sur le chemin et s'assoit sur une souche. Il pleure. Je dépose mon sac et prends place à ses côtés.

Mon frère est tombé malade avec l'arrivée du beau temps. Et personne ne venait. Alors je l'ai pris sur mon dos et on est partis. Après quelques jours en forêt, on n'avait toujours pas trouvé d'aide, j'étais à bout de force et mon petit frère était blanc de fièvre. Il est mort. Il est mort dans mes bras.

Je me penche vers Olio et le serre contre moi. Je lui murmure que rien de tout ça n'est de sa faute, que je suis là, que je ne l'abandonnerai pas.

J'étais perdu, renifle-t-il dans le creux de mon cou, j'étais seul. Un soir, j'ai aperçu de la lumière. Trois voyageurs près d'un feu de camp. J'ai hésité avant de les approcher, tellement que l'un deux a tiré un coup de carabine dans les airs en me prenant pour une bête. Les autres ont ri. Je suis resté caché jusqu'à ce qu'ils s'endorment, je leur ai volé un sac de provisions et je me suis promis de sortir du bois.

Comment s'appelait-il, ton petit frère ?

Olio, marmonne-t-il en repartant, il s'appelait Olio.

Je le hèle, me lance derrière lui, mais tombe après m'être coincé le pied sous une racine. Je le rejoins à bout de souffle, plus loin, sur le bord d'une rivière qui trace une grande courbe entre deux chapelets de montagnes. Son débit est puissant, ses fosses sont profondes. De l'autre côté, on voit la cime des cèdres immenses qui dominent la forêt.

C'est ici, dis-je ébahi, nous y sommes. Tu vas voir, on va être bien. Je suis persuadé que tu vas bien t'entendre avec mes oncles et mes tantes, en particulier avec Nep.

Je m'agenouille au bord de la rivière et m'asperge le visage d'eau froide. Je fouille dans mon sac, change de chandail et resserre ma ceinture d'un cran. Olio m'observe, le regard dissimulé sous sa casquette. Je me sens soudainement nerveux à l'idée de retrouver mes oncles et mes tantes. Comme si je ne savais plus vraiment dans quels bras j'allais nous jeter. Ça fait longtemps que je les ai vus. Et je n'arrive pas seul.

Dans ma famille, dis-je à Olio en scrutant l'autre rive, pas de vols et pas d'histoires, compris ?

Celui-ci hausse les épaules comme s'il ne voyait pas de quoi je parle puis, le sourire aux lèvres, me demande l'heure. Je frotte l'empreinte du bracelet sur mon poignet en me demandant où j'ai pu égarer ma montre. Je lève les yeux vers mon jeune compagnon. C'est lui qui l'a entre les mains.

Allez, c'est l'heure, s'exclame-t-il en jetant ma montre dans l'eau, qu'est-ce que tu attends ?

Hébété, je regarde les reflets métalliques miroiter puis disparaître dans le courant.

Je toise Olio sévèrement. Une envie de le corriger du revers de la main monte en moi, mais je me ressaisis à temps.

Peu importe, on est enfin arrivés.

La lumière ondule sur le corps de la rivière. Je m'avance sur la berge, prends une grande inspiration et siffle trois fois.

Elle est exclusive et acharnée. La forêt est sa loi. Les ombres sont l'échiquier. Son règne descend des temps anciens et elle en est fière. Elle refuse d'admettre qu'en ces lieux rien n'est acquis ni ne dure. Pourtant, elle n'est pas seule à chercher la lumière ici-bas. Tous les jours, elle besogne, elle chasse, elle dévore et troque ce qu'elle tue. Ses membres sont bruyants mais avisés. Pour ne pas s'entretuer, ils se tiennent comme un seul corps. Et quand ils rient, la terre tremble.

LA FAMILLE

VINGT-SEPT JUIN

Je scrute les arbres sombres qui couvrent l'autre rive. Une légère brise souffle dans leurs branches et des frissons courent sur le dos de la rivière. Je me demande si on m'a entendu. Cela fait un moment qu'on attend. Je siffle de nouveau.

Je regarde autour pour trouver une autre façon de traverser. À part à la nage, je ne vois pas comment on pourrait s'y rendre. Olio argue qu'il n'y a peut-être personne de l'autre côté. Je l'interromps en bondissant de joie. Un canot vient d'apparaître plus bas sur la rivière. Le rameur avance sans hâte dans notre direction. Olio le regarde approcher en restant sur ses gardes. Quand il n'est plus qu'à quelques mètres de la berge, je le reconnais. C'est mon oncle Herman. Il a vieilli, son visage s'est creusé et ses cheveux sont devenus gris, mais c'est bien lui. Même assis à l'arrière du canot, sa silhouette est toujours aussi massive. Il accoste près de nous, prend appui sur sa rame, observe Olio avec curiosité, puis se tourne vers moi en souriant.

Un mélange d'apaisement et de nervosité m'envahit et je reste incapable de dire quoi que ce soit.

Mais qu'est-ce que vous attendez ? lance Herman après un moment, ne restez pas plantés là, embarquez.

On saute dans l'embarcation. Herman nous emmène en disant que les autres n'en croiront pas leurs yeux. Il indique mes jambes et fait remarquer que j'ai l'air de m'être bien remis de mon accident. Je hoche la tête et détourne le regard vers les grands cèdres qui dominent la forêt de l'autre côté. Penchés et appuyés les uns sur les autres, on dirait qu'ils ne forment qu'une seule et même masse à l'assaut du ciel. Le canot file presque sans bruit. Olio est courbé à l'avant et sonde les profondeurs de la rivière où d'imposants troncs d'arbres submergés ressemblent à des monstres endormis.

Nous passons un méandre bordé par des saules denses et touffus. On entend le bruissement des herbes aquatiques sur la coque du canot en arrivant à un petit quai en bois, dissimulé entre deux talles d'arbustes.

Herman ouvre la marche sur un sentier ourlé de mousses et de racines. Au-dessus de nos têtes, le chant des oiseaux traverse la forêt de toutes parts. J'avance en retenant mon souffle. Olio reste prudemment à mes côtés.

On a de la visite, crie mon oncle lorsque nous débouchons dans la clairière.

Mes épaules se relâchent dès que je repère la toiture couverte de lichen, la fenêtre en triangle du grenier et la vieille galerie. Encastré dans les hautes herbes et couvert de plantes grimpantes, le camp paraît plus petit que dans mon souvenir.

La porte s'ouvre et ma tante Hesta se pointe sur le seuil. Mon cœur bat la chamade. J'enfonce mes bâtons de marche dans le sol, laisse tomber mon sac et m'avance vers elle comme un papillon de nuit vers la lumière.

Ma tante m'accueille en me disant que j'ai toujours les yeux de ma mère et m'étreint si fort que je peine à respirer.

Mon oncle Boccus arrive derrière elle et m'empoigne vigoureusement la main. Lui aussi, il a pris de l'âge, sa peau s'est ravinée et ses joues sont striées de petites veines rouges.

On se doutait bien que tu viendrais nous rejoindre, s'exclame-t-il en observant l'état de mes bottes, seulement on ne pensait pas que tu ferais la route à pied !

Diane et Darès se joignent à nous. Ils portent de vieux habits de camouflage et sont pétris d'étonnement en me voyant. Diane m'embrasse en cachant son émotion derrière quelques gestes brusques. Son regard orné de pattes d'oie est aussi vif que par le passé. Darès me tire vers lui et me donne quelques tapes dans le dos. Il me souffle à l'oreille qu'un mécanicien comme moi aurait tout de même pu trouver un quatre-roues à rafistoler quelque part au village. On rit.

Mes oncles et mes tantes se tournent ensuite vers Olio. Celui-ci reste planté à mes côtés sans oser un geste. J'insiste pour qu'il se montre afin de le présenter à ma famille. Des interrogations sillonnent les visages.

Qu'est-ce que tu fais avec lui ? D'où vient-il ? Où sont ses parents ?

Il était seul en forêt, dis-je alors qu'Olio se replie derrière moi.

Voyant le malaise qui habite mon jeune compagnon, ma tante Hesta intervient et nous entraîne vers le camp.

Venez, vous devez être affamés.

On gravit les marches de la galerie et on pénètre à l'intérieur. La lumière de l'après-midi entre en diagonale dans la pièce. Olio fige en voyant l'impressionnant panache d'orignal accroché au mur. C'est le trophée du grand-père. Je passe la main sur la surface de la table au centre de la pièce. Je sens les mêmes vieilles marques imprégnées dans le bois. Le braille du passé. Je ne me rappelle pas la première fois que je suis venu ici. Ce lieu a toujours fait partie de ma vie. La cuisinette au gaz, le poêle à bois, l'escalier qui mène au grenier, la chaise berçante, rien ne semble avoir changé de place.

Ma tante met un pâté à la viande au fourneau et nous sert des verres d'eau. Je lève le mien devant la fenêtre et regarde les minuscules particules tournoyer dans la lumière.

C'est la meilleure eau au monde, disait le grand-père, elle a le goût de la montagne.

Je me désaltère en observant le calendrier posé sur le mur. C'est la page du mois de juin de l'année dernière. Et l'image qui l'accompagne est celle d'un temple en ruine, avec ses colonnes et ses divinités de pierre, au sommet d'une montagne à mi-chemin entre la forêt et le ciel. Sur les différentes cases, il y a des trucs d'écrits, des ratures, des noms encerclés et des flèches.

La porte du camp s'ouvre d'un coup. Deux enfants blonds se faufilent dans la pièce. Olio les suit du regard avec méfiance. Ma cousine Sylvia apparaît, avec son regard rieur, ses yeux verts éclatants et ses cheveux bouclés. Je me lève d'un bond pour la saluer.

Quelle surprise ! lance-t-elle, tu n'as pas changé.

Je souris, sachant très bien que les années ne m'ont pas épargné le visage. Les enfants de Sylvia font le tour de la pièce à quelques reprises, renversent une chaise, puis se sauvent en faisant claquer la porte.

Ce sont mes jumeaux, Rémi et Roman, explique Sylvia en s'approchant d'Olio. Tu verras, ils déplacent de l'air mais ils sont très gentils.

Les marches craquent. Quelqu'un descend du grenier. C'est mon cousin Janot. C'était encore un enfant lorsque j'ai quitté le village il y a une dizaine d'années. Aujourd'hui, c'est un homme aux longs cheveux, avec un bouc clairsemé et des membres efflanqués.

Tu as vu qui est là ? s'anime Hesta, ils ont fait la route à pied, tu te rends compte ?

Janot nous salue en étudiant notre allure.

Tu arrives du village ? demande-t-il.

Oui.

Et de quoi ça a l'air là-bas ?

Laisse-les manger en paix, coupe Hesta en sortant le pâté qu'elle avait mis à chauffer.

L'odeur embaume la pièce. Olio et moi salivons. Nous dévorons nos portions fumantes sous les yeux ébahis de ma famille. C'est délicieux. Olio mastique bruyamment. Je lui donne un petit coup de coude. Lorsque que je termine mon assiette, je relève la tête et, constatant le silence attentif qui règne dans le camp, je prends la parole.

Je raconte brièvement mon périple, la rencontre avec Olio, la traversée du Parc. Mes oncles et mes tantes m'écoutent les yeux grands ouverts, puis me demandent dans quel état se trouvaient leurs maisons à mon départ.

Elles ont été pillées, mais elles sont toujours là. Le village par contre était pratiquement désert. Tout le monde a fini par fuir.

Les membres de ma famille échangent un regard navré. Darès affirme qu'ils ont bien fait de se réfugier ici. Qu'il savait que ça tournerait mal au village.

Malgré la satisfaction d'être enfin arrivé au camp, un vague ressentiment s'empare de moi. Olio a raison. Si je les retrouve maintenant, c'est qu'ils sont partis sans moi. Mon oncle Boccus s'aperçoit de mon changement d'humeur et se penche dans ma direction.

On ne voulait pas t'abandonner à ton sort, tu le sais bien. On ne pouvait simplement pas t'emmener avec nous. Ça n'avait pas de sens. À cause de tes blessures, du trajet, de l'hiver. Tu ne pouvais même pas te lever, tu te souviens ? Mais on t'a laissé entre de bonnes mains. La preuve, tu es là !

Je regarde mes paumes constellées d'ampoules, mes avant-bras écorchés, mes vêtements poussiéreux. À côté des membres de ma famille, avec leurs habits bien rapiécés, avec leurs cheveux lisses, leurs ongles taillés et leurs dents curées, je réalise à quel point Olio et moi sommes sales.

En tout cas, enchaîne Hesta avec enthousiasme, on est heureux de vous voir ! Je n'en reviens pas encore. Maintenant, allez porter vos affaires au grenier. Et prenez une douche, ça vous fera du bien.

Profitez-en ! lance Darès, le soleil a tapé toute la journée, vous aurez de l'eau chaude.

Ces deux mots me font oublier tout le reste.

La douche est une petite structure en bois ajouré, sur le côté du camp. Un réservoir noir a été installé sur le toit et la pression est bonne. Je me savonne pendant de longues minutes. L'eau coule sur ma tête, mon cou, mon torse, elle m'enveloppe et emporte la crasse terreuse qui recouvre mon corps. Pendant qu'Olio se lave à son tour, je me rase devant un petit miroir accroché à un arbre. Mon visage se dévoile avec des traits qui me surprennent. Je n'ai plus une once de gras. Ma peau colle à mes muscles secs. J'ai beau sourire au miroir, il me dit que je ne suis plus qu'un bouquet de nerfs. En sortant de la douche, Olio rigole en me voyant sans barbe. On enfile les vêtements propres qu'on nous a donnés et on rejoint les autres. Ils sont réunis dans la clairière, autour d'un gros tas de branches prêt à flamber. Je suis ému en les voyant s'exclamer bruyamment.

Il faut fêter ça ! lance Boccus en ouvrant une bouteille sans étiquette.

Darès allume le feu. On se rapproche les uns des autres et on trinque aux retrouvailles. Mes yeux s'écarquillent en avalant ce truc sucré.

C'est de l'hydromel, précise mon oncle en inclinant la bouteille sans étiquette dans la lumière, ça vient de la côte. Fais attention, c'est plus fort que ça en a l'air.

En effet, l'ivresse arrive vite, bavarde et bienfaitrice. Les discussions s'entremêlent. On parle de la panne, de la vie au camp de chasse et on évoque de vieux souvenirs. L'écho de nos voix résonne au loin comme si les montagnes s'animaient aussi.

Je lève la tête et observe les alentours. Des arbres ont été abattus pour élargir la clairière, deux tentes de l'armée servent de dortoirs, le vieux cabanon a été remplacé par un autre, plus grand et plus solide, avec un gros cadenas sur la porte. Contre les ours, j'imagine.

Vous vous en tirez pas mal, dis-je en me retournant vers Darès alors qu'il place des brochettes de viande sur les braises.

Attends, tu n'as encore rien vu. Quand on a décidé de s'installer ici l'automne dernier, on a pris tout ce qu'il fallait. Tu nous connais. Les deux pick-up et la fourgonnette étaient chargés à bloc. Il nous a fallu une semaine entière pour tout amener ici en canot à partir du débarcadère. Mais ç'a valu le coup ! assure-t-il. Comme disait ton grand-père, on est peut-être loin de tout, mais au moins on a la paix.

Les flammes montent vers le ciel et concurrencent la lumière du soir qui s'installe tranquillement. Peu après le repas, Olio s'endort en chien de fusil à mes côtés. Je crois qu'il m'a subtilisé quelques gorgées d'hydromel.

Ta mère serait contente de nous voir tous réunis, me confie Hesta. Et surtout, elle serait heureuse de te voir avec ton petit bonhomme. Il a une bonne tête. Ça me fait sourire de le voir avec une casquette verte et jaune. Luperc en avait une pareille.

Le visage de Luperc, ses cordes de bois et sa maison mobile me reviennent aussitôt en tête. Je vais chercher la lettre qu'il m'avait confiée et la remets à ma tante.

Vous l'avez croisé à l'entrée du Parc, reprend-elle, c'est ça ? Il va bien ? Il s'en sort ? Les chiens sont toujours avec lui ?

Je lui raconte qu'il nous a hébergés et donné des provisions. Qu'il est bien installé malgré tout. Ma tante me remercie en balbutiant et cache la lettre dans la poche de sa veste.

Quand la rosée se fait sentir dans notre dos, on rajoute du bois et une lumière chaude nous enrobe. Boccus ouvre une nouvelle bouteille. Tout le monde est enjoué. La nuit est claire et je ne sens plus mon genou ni mes épaules endolories.

Plus tard, au travers des rires et des conversations, une immense fatigue me rattrape. Je tire ma révérence, prends Olio dans mes bras et monte avec lui au grenier.

Mais dis-moi, me demande-t-il à moitié endormi, il est où ton oncle Nep ?

VINGT-HUIT JUIN

Quand j'ouvre les yeux, la lumière est déjà franche. Elle se jette dans le grenier par le triangle de la fenêtre et s'emmêle dans les chevrons. Il y a une pile de vieux matelas dans un coin. Il fait chaud, la tôle du toit cliquette et des mouches tournoient près de ma tête. Le lit d'Olio est vide. Celui de Janot aussi. À travers le plancher, j'entends des bribes de conversation, de la vaisselle qui tinte, la porte qui grince. Un tumulte rassurant.

Je pense à ma montre emportée par le courant et me demande quelle heure il peut être. Je finis par me lever et descendre. L'escalier grince à chacun de mes pas. Boccus passe un coup de balai. Herman fait la vaisselle. Les autres sont déjà sortis.

Mes oncles gloussent en voyant ma tête et m'indiquent qu'il reste de l'avoine et du café. Je me sers une tasse et je vais sur la galerie. Je savoure chaque gorgée sous le jour éblouissant. J'arrive à peine à y croire, de la nourriture en quantité, de l'hydromel, du café. Ma famille se débrouille vraiment bien. Quelle chance d'être enfin ici.

Je scrute avec ravissement les grands cèdres penchés, les tas de bois de chauffage à fendre au milieu de la clairière, le petit fumoir en planches grises, les nombreux sentiers qui filent dans la forêt. Olio surgit du bois et vient dans ma direction, un bâton à la main.

Regarde, me dit-il en arrivant, j'ai taillé la pointe avec un couteau.

Il se retourne, fait un grand pas et projette sa lance en avant. Elle trace une longue courbe dans les airs et pique entre les souches. Les jumeaux, qui observaient Olio, applaudissent.

Olio part à la recherche de son projectile en même temps qu'Hesta se poste à mes côtés.

Ça prend combien de temps ? commence-t-elle la voix étouffée par l'émoi.

Combien de temps pour quoi ?

Pour traverser le Parc jusqu'au chalet d'accueil.

Je remarque que ma tante tient la lettre de Luperc entre ses mains. Je pense alors aux montagnes que nous avons traversées, au chablis, à la Station.

Ça nous a pris plus de deux semaines, dis-je désolé. La voix d'accès est bloquée, il faut contourner la Station par les sentiers.

Hesta soupire. Ses yeux sont brouillés de larmes. Je cherche quelque chose à dire pour faire diversion. Olio passe devant nous avec sa lance. Les jumeaux le suivent à distance en chuchotant.

Et Nep, m'enquiers-je finalement, il n'est pas ici ?

Le regard de ma tante s'enfonce encore plus creux dans le sol.

Nep est parti, explique-t-elle en voulant couper court. Tu sais, même si on avait tout ce qu'il nous fallait, l'hiver a été dur. On était tous entassés dans le camp. Nep n'en pouvait plus. J'ai eu beau tenter de le convaincre de rester, il ne voulait rien entendre. Il est parti ce printemps pour rejoindre les villages de la côte. Il a des amis là-bas, paraît-il.

Je reste hébété. Le visage de ma tante est long et grave. Elle pose la main sur mon épaule et retourne à l'intérieur. Je termine mon café en déambulant autour du camp. Je sais bien qu'elle ne m'a pas tout dit.

Un peu plus tard, je croise Sylvia. Elle m'explique que nous sommes dimanche aujourd'hui et que chacun peut vaquer à ses affaires. Ma tante Diane graisse sa carabine en discutant avec Darès. Boccus fait la sieste à l'ombre. Mon cousin Janot est adossé à un arbre, la tête plongée dans un bouquin.

J'ai parlé avec Olio ce matin, reprend ma cousine en baissant la voix. Il m'a raconté la mort de ses parents dans un accident d'avion il y a trois ans, les maisons d'accueil, la panne, le groupe douteux avec lequel il est arrivé dans la région. Votre rencontre. Dis, tu savais que son père était mécanicien comme toi ?

Oui, finis-je par dire en sentant ma bouche se tordre, il m'a conté tout ça.

Les jumeaux arrivent en courant pour se jeter dans les bras de leur mère. Celle-ci les cajole et leur propose d'aller faire une promenade.

Alors que je les regarde s'enfoncer nonchalamment dans la végétation, les broussailles s'agitent derrière moi. Je me retourne brusquement. Olio se montre à travers le feuillage, sa lance sur l'épaule.

Qu'est-ce que tu fais là ?

Rien. Je jouais. Et toi ?

VINGT-HUIT JUIN

Le soir venu, on se retrouve tous autour de la vieille table en bois. Le ciel s'est couvert en fin d'après-midi et l'intérieur du camp est sombre. Darès fait un signe à Herman et celui-ci s'éclipse. Quelques instants plus tard, on entend démarrer un moteur et une lumière jaunâtre jaillit dans la pièce.

Je lève la tête et remarque avec stupéfaction le circuit de fils et d'ampoules qui court au plafond. Les yeux d'Olio brillent d'émerveillement.

Je t'avais prévenu que tu allais être surpris, me lance Darès fièrement. On a une génératrice !

Et l'essence ? dis-je abasourdi.

Quand on a pris la décision de venir au camp, on savait qu'on ne reviendrait pas de sitôt. On a emporté toute l'essence qu'on a pu. Et on en a encore pour deux ans.

Mon étonnement est plus grand encore.

Les membres de ma famille s'amusent de nous voir aussi déconcertés. On sert du pain de viande et, sous la lumière grésillante, les discussions se mêlent aux tintements des ustensiles. Olio est assis à mes côtés et nous observons avec entrain ce qui se passe autour de la table. Les jumeaux qui font du tapage. Herman et Janot qui débattent. Diane qui évoque les trajectoires estivales des orignaux.

Après le repas, Darès décroche le calendrier. Le bois est plus pâle à cet endroit et contraste avec le reste du mur roussi par le temps.

C'est celui de l'année dernière, dit-il en se tournant vers moi. Mais qu'est-ce que ça peut bien faire que les jours soient décalés après tout ? Ça nous prend des repères, c'est tout. Tu nous connais, on est vaillants et on sait ce qu'on fait. On a toujours été comme ça. Alors maintenant, chaque dimanche soir, on répartit les tâches de la semaine. Chacun doit y mettre du sien.

Boccus reprend les mimiques solennelles de son frère. Un fou rire se propage sur les visages. Darès l'ignore et orchestre la répartition des tâches : Diane et lui iront à la chasse, Hesta fera la bouffe, Herman la levée des collets et les autres achèveront d'apprêter la viande pour le prochain voyage de ravitaillement.

Et cette semaine, ajoute Sylvia, c'est au tour de Janot de faire la classe à Rémi et Roman.

Et moi je fabrique quoi ? s'interroge Olio en faisant tenir sa chaise sur deux pattes.

Commence par t'asseoir comme il faut, tranche Hesta, et demain tu iras avec Janot et les jumeaux.

Olio cherche mon regard en ravalant ses protestations.

Tu m'as dit que l'école te manquait, dis-je en fronçant les sourcils.

Sylvia lui souffle gentiment de ne pas s'en faire, que Janot est un excellent professeur, puis elle se lève pour aller coucher ses enfants.

Et toi, reprend Darès en me pointant avec son crayon, j'espère que tu te souviens bien de ton métier, car tu vas commencer par jeter un œil à ce qui cloche avec le hors-bord. On va en avoir besoin très vite.

Pour aller où ?

Chez mon ami Marchand, enchaîne Herman. C'est beaucoup plus bas, à la jonction des rivières. C'est là qu'on s'approvisionne.

Avec quoi vous payez ? demande Olio avec un sérieux inhabituel.

Toute ma famille rit en cœur.

Qu'est-ce que tu crois ? Avec de la viande !

La lumière des ampoules électriques me semble resurgir d'un autre monde. Son intensité varie avec le roulement irrégulier de la génératrice. Comme si le moteur peinait à garder le rythme. Quand Darès remet le calendrier à sa place, tout le monde se lève et quitte. J'observe la posture de mes oncles et de mes tantes. Ils ont une manière de rejeter les épaules vers l'arrière qui leur donne des airs de géants. Je jette un coup d'œil au trophée de chasse du grand-père qui domine la place et je comprends qu'ils aient pu se sentir à l'étroit, cet hiver, dans un aussi petit espace.

Une poignée d'insectes tournent autour des globes en s'y cognant à répétition. Lorsque cesse le grondement sourd de la génératrice et que tout redevient noir, je crois être le seul encore debout mais une silhouette se dessine sur la galerie. C'est Boccus qui fume. Je le rejoins. Il m'offre une cigarette en soulignant qu'elles sont précieuses par les temps qui courent. Je le remercie. Nous regardons la lune se lever au-dessus des épinettes. Plus près de nous, la clairière retient le déferlement de la forêt. On dirait le miracle fragile d'une oasis.

La voix de mon oncle s'élève entre deux volutes de fumée.

C'est vrai que ça nous prend de la viande. C'est notre monnaie d'échange. C'est comme ça qu'on fonctionne maintenant. Pour la farine, les patates, l'alcool, les cigarettes, tout. Mais bon, il faut se méfier de ce que raconte Darès. C'est bien beau, le calendrier, mais ici, la seule règle qui prévaut c'est l'ancienneté. Et c'est lui le plus vieux.

Quand je rentre pour aller me coucher, je passe devant le calendrier accroché au mur. Nous sommes le dimanche vingt-huit juin, et demain une nouvelle semaine commence.

VINGT-NEUF JUIN

Je descends du grenier dès que j'entends la vie reprendre en bas. Olio est déjà levé, il mange un bol d'avoine. Darès et Diane sont dans le cadre de porte, prêts à partir, tout vêtus de kaki et la carabine à l'épaule. Derrière eux, le matin s'est emparé de la forêt. Avec une mécanique bien rôdée, les autres se pointent, déjeunent, grommellent quelques remarques et s'activent. Mon oncle Herman saisit une clé accrochée près de la porte et me fait signe de le suivre.

Lorsqu'il ouvre la porte du cabanon, une odeur de sang séché et d'essence remonte à mes narines. Dans un coin, il y a une pièce de viande suspendue dans du coton à fromage, des poches de sel ainsi que plusieurs boîtes de pots de conserve. Dans un autre, il y a une débroussailleuse, trois scies à chaîne, un vieux rotoculteur, un compresseur. La génératrice est au centre de la place, branchée à un tuyau d'échappement. Au fond, plusieurs dizaines de bidons d'essence et des bombonnes de gaz propane sont méticuleusement entassés. Je suis épaté.

On n'est pas des amateurs, se gonfle Herman avant

d'attirer mon attention vers le moteur hors-bord qui a été laissé en plan, à demi ouvert au milieu des outils épars.

J'ai tout essayé, m'explique-t-il, je ne comprends pas pourquoi il hoquette de la sorte.

Je retourne le capot pour voir la marque de fabrication. C'est un modèle classique, dix forces, noir avec les lignes rouges sur le côté.

Il faut que ça marche, insiste mon oncle en pointant la viande en conserve mise de côté, je pars bientôt chez Marchand. Et je ne veux pas revenir à la rame.

Je vais voir ce que je peux faire.

Si tu as le temps, ajoute-t-il avant de partir faire la levée des collets, la génératrice et les scies à chaînes ont aussi besoin d'entretien.

Je me penche tout juste au-dessus de l'établi quand Boccus et Hesta se pointent à leur tour dans le cabanon pour prendre la table pliante, le quartier de viande et une poche de sel.

On dirait bien que ton petit bonhomme va se plaire ici, me lance ma tante, il est assis bien sagement avec les jumeaux et Janot.

Je hoche la tête, agréablement surpris. Je me retrouve enfin seul devant le moteur démonté. Puis, avec des gestes tellement marqués par l'habitude qu'ils ne m'appartiennent plus tout à fait, je change l'huile, nettoie la bougie d'allumage, graisse les mécanismes, vérifie tout. Le carburateur semble particulièrement encrassé. Je défais la cuve, dévisse les gicleurs, retire le filtre. Je mets tout à tremper dans un peu d'essence et je frotte chaque pièce avec une vieille brosse à dents. J'actionne la génératrice pour alimenter le compresseur. Les deux engins hurlent ensemble entre les murs du cabanon. Ce vacarme soudain me fait du bien malgré tout. Comme un relent de tous ces moments au garage de mon père. Je passe toutes les pièces du moteur au jet d'air, je les remets en place et ferme le couvercle. Ça devrait aller.

Je regarde mes mains noircies par l'huile. Elles me rappellent une vie passée, enfouie, comme le pétrole sous la terre et le temps des dinosaures. Avec la panne, je pensais que mon métier allait s'éteindre en même temps que la lumière des raffineries et des stations-services. Rien de tel finalement. Le vieux monde est tenace et, partout où j'irai, j'ai bien peur qu'il y ait toujours des moteurs à réparer.

Je me ressaisis et m'attarde à la génératrice. Même problème avec le carburateur. J'évalue les scies à chaîne, pareil. Je réfléchis. C'est probablement à cause de l'essence qui s'évente. Malgré tout le stabilisateur qu'ils ont mis dans les jerricans, c'est inévitable. Pour l'instant, ça peut encore aller, mais dans quelques mois, toutes ces belles réserves de carburant ne serviront plus à rien, sinon à étrangler les moteurs.

Une silhouette apparaît dans mon champ de vision. C'est Janot.

Les jumeaux se montrent derrière lui et étirent le cou pour voir ce que je fabrique.

Olio est introuvable, m'annonce mon cousin. On faisait une dictée. Je voulais voir comment il se débrouille. Mais après un moment, il a lancé son crayon et il est parti.

Je soupire et le rassure.

Je vais aller voir. Il ne doit pas être loin.

Je questionne les autres, affairés autour de la table pliante. Ils haussent les épaules. Personne ne l'a aperçu. Je pense à mon jeune entêté en observant les pots de viande en cubes qui refroidissent et les lanières qui viennent d'être sorties du fumoir. Alors que je m'apprête à repartir vers le cabanon, je discerne Herman et Olio qui reviennent du bois avec quelques lièvres.

Il m'a rattrapé sur le sentier, explique mon oncle en arrivant à notre hauteur.

Je me tourne vers Olio. Il est enjoué et s'empresse de me raconter que l'un des lièvres n'était pris que par une patte, qu'il s'est enfui quand ils sont arrivés, mais qu'il l'a arrêté dans sa course. Avec sa lance.

Tiens, vas-y, m'invite Herman en déposant leurs captures à mes pieds, à toi de lui montrer comment les arranger.

J'opine avec une certaine joie. Sous le regard ébahi d'Olio, je les écorche un à un en tirant sur leur fourrure. Je romps ensuite leur cou et plonge mes doigts dans leur cage thoracique. Quand je hume le relent âcre des viscères et que je vois le sang agglutiné sous mes ongles en plus du cambouis, j'ai l'impression soudaine d'être ici depuis des millénaires.

Darès et Diane sont de retour en fin de journée. Ils n'ont rien trouvé, mais mon oncle s'anime en pointant les provisions de viande sur la table et se tourne vers moi.

Tu vois, cet orignal-là, il est apparu sur ma gauche. Il n'a tellement pas fait de bruit que je suis pratiquement tombé de mon siège quand je l'ai vu. Il s'est arrêté dans l'une des brèches, à quelques pas du marécage. Je me suis aplombé sur le bord de la fenêtre. Boum. Et c'est exactement là qu'il est tombé.

Un coup de chance, raille Diane, exaspérée par la vantardise de son frère.

On rentre dans le camp peu après. Hesta a fait du pâté de foie et des frites. L'odeur de la graisse d'oie aiguise notre appétit. Olio et les jumeaux semblent particulièrement ravis.

Il y a un petit groupe d'oies blanches qui s'est posé dans le méandre ce printemps, commence Diane fièrement. D'habitude, elles ne s'arrêtent pas dans la forêt comme ça, elles passent bien au-delà de notre portée. Mais cette fois-là, en tout cas, j'en ai eu une bonne douzaine.

On mange avec appétit.

Ce sont les dernières patates du lot, indique ma tante, les autres sont en germe.

On pourrait peut-être en profiter pour les planter ? suggère Sylvia.

Ah oui, où ça ? ironise Darès. Dans la clairière à travers les souches ? Tant qu'à moi, on est bien mieux de faire le compte de la viande pour Marchand et on aura tout ce qu'il nous faut.

C'est comment chez Marchand ? demande Olio.

Herman lui explique que c'est un type qui s'est approprié les installations d'une pourvoirie qui recevait de riches pêcheurs de saumon. Il vit là, avec ses chiens et ses guetteurs. Il fait du troc avec le monde des alentours.

On est chanceux, ajoute-t-il, c'est un ami de longue date. Et il nous fait un bon prix pour notre viande.

Parlant d'aller chez Marchand, reprend Darès en pivotant dans ma direction, c'était quoi le problème avec le hors-bord ?

TROIS JUILLET

Ça va nous prendre de l'huile, de la farine, de l'avoine, des patates et des légumes frais si possible. De l'hydromel, du café et des cigarettes aussi. Des pots, des bougies, des piles. Des serviettes hygiéniques, du savon, du chasse-moustique, du lait en poudre.

Assis au bout de la table, Herman griffonne tout cela sur un bout de papier. Les autres le regardent noter chaque item comme si cela constituait une garantie, un lendemain.

Il est encore tôt. La forêt est sombre, mais la rivière déborde déjà de lumière. Mes oncles et moi installons le moteur à l'arrière du canot. On le fait rouler à vide pendant quelques minutes pour s'assurer qu'il fonctionne normalement.

Tu vois, se braquent-ils, notre essence brûle très bien. On a mis tout le stabilisateur qu'il fallait dedans. Tu nous prends pour qui ?

On charge méticuleusement les provisions de viande dans l'embarcation étroite et on s'entasse sur le petit quai.

Marchand va être étonné de voir tout ce qu'on a pour lui, commente Herman en s'installant aux commandes.

N'oublie pas mes livres, lance Janot.

Herman opine, vérifie qu'il a tout ce dont il a besoin, puis nous salue en disant qu'il sera de retour dans quelques jours. On détache les amarres et Darès donne une poussée à l'embarcation. Herman s'allume une cigarette et laisse le canot dériver lentement vers le centre de la rivière avant de tirer sur la corde du lanceur. Le hors-bord démarre en éructant, Herman met les gaz et disparaît sous la cambrure des saules dans un épais nuage de fumée blanche.

Je ne connais rien de la pourvoirie où est installé Marchand. Mais je me souviens des riches pêcheurs de saumon qu'on croisait sur la rivière avec leurs guides. Le grand-père riait toujours en les voyant manier leur canne à mouche.

On reste encore un moment sur le quai, à contempler la clarté de toute cette eau en mouvement. Sous le mince film du courant, on voit luire les pierres vertes et on devine des fosses poissonneuses sous les ourlets de racines. Je me retourne alors vers mes oncles et mes tantes.

Vous avez bien pêché quelques saumons, n'est-ce pas ? Même pas besoin de permis !

On en a pris quelques-uns, mentionne Boccus, des saumoneaux qui ont passé l'hiver dans la rivière. La montaison n'est pas encore commencée. Ce n'est pas normal à ce temps de l'année. Il doit être arrivé quelque chose à la passe migratoire.

Le soleil se hisse au-dessus de la ligne des arbres et nous surprend dans notre inertie. Diane et Darès secouent les troupes en déclarant qu'il est temps de retourner à notre besogne.

En fin de journée, on se retrouve à nouveau autour de la table. Darès évoque le temps sec des derniers jours.

Le feuillage des arbres s'est déjà affaissé, l'été va être chaud.

En mettant un plat de perdrix confite et un pot de légumes marinés sur la table, Hesta raconte qu'elle a repéré des framboisiers, plus bas sur le bord de la rivière.

Il faudrait les récolter avant que les ours s'en emparent.

Darès s'esclaffe. S'il en rencontre un, il en fera de la viande en pots pour Marchand !

À la fin du repas, on se relâche sur le dossier de nos chaises en se léchant les doigts. Après que Sylvia a emmené les jumeaux, un silence feutré plane dans la place. Nous sommes plombés par la digestion.

Et si on jouait aux cartes ? propose alors Boccus.

Les visages s'éclaircissent d'un coup. Dans un accord tacite, tous quittent la table pour revenir quelques minutes plus tard avec des pièces et des billets. Darès me file vingt dollars et me rappelle les règles.

Boccus distribue les cartes. Elles glissent délicatement sur les planches de la table. Les yeux luisent et les exclamations fusent dès les premières parties. Olio observe les cartes et l'argent passer de main en main.

Je veux jouer, proclame-t-il après être allé chercher sa liasse de billets au grenier.

Tout le monde le regarde avec stupéfaction. Je tente d'expliquer la provenance de cet argent, mais Olio me coupe.

Il faut bien que ça serve, non ?

Aux cartes, il n'y a pas d'équipe, pas d'amis, pas de famille, ricane Darès.

Olio embarque et les tours de table recommencent. Hesta lui chuchote des indications à l'oreille. Darès gagne quelques mises alors que Boccus est contraint de sortir plus d'argent. Le rythme des joutes s'accélère. Olio rate une victoire de justesse. Hesta lui conseille de ne pas forcer le jeu. Personne ne remporte de joute pendant un moment. Chacun maudit son sort ou accuse le brasseur de cartes. Les billets et les pièces s'accumulent au centre de la table. Les doigts sont croisés. Darès double la mise. Certains laissent tomber, d'autres suivent. Quand chacun dévoile son jeu, c'est Olio qui rafle le tout. Darès donne un coup sur la table, on sursaute, puis on décrète la fin de la joute. Il est tard. Olio ramasse son magot sous le regard ardent de ma famille.

Allez, raconte, d'où viennent tous ces billets que tu es allé chercher en haut ?

De la Station, répond Olio tout bonnement.

Je pensais que vous aviez contourné la Station par les crêtes, s'étonne Hesta.

On a passé une nuit dans un refuge du Parc avec des gens qui venaient de là, dis-je pour préciser.

Et ils vous ont donné une liasse de billets ? persifle Darès.

Exactement, réplique Olio.

Peu importe, qu'est-ce qu'ils racontaient, ces gens ?

Rien de bon, l'un d'eux était blessé et ils fuyaient.

SIX JUILLET

Nous sommes lundi. Herman n'est pas encore revenu. J'espère qu'il n'a pas eu d'ennui avec le moteur.

Cette semaine, c'est Boccus qui est en charge de faire la classe aux jeunes. À l'aide d'une encyclopédie illustrée qui date de plusieurs années, il leur enseigne à différencier les animaux à sang chaud et à sang froid. Jusque-là, il semble être en mesure de garder l'attention d'Olio. Je suis heureux de voir cet enfant entouré de la sorte. Il en a besoin.

Pour ma part, j'ai été assigné au bois de chauffage. L'avant-midi avance, la chaleur est au rendez-vous et les bûches sont lourdes et denses. La hache reste souvent prise dans leur chair ligneuse. Je dois m'acharner pour arriver à la fendre. Je souffle en regardant tout ce qu'il reste à faire. Le soleil commence déjà à m'abrutir. Et je suis pris de vertige en constatant qu'un été, quoi qu'on en dise, est surtout un intermède entre deux hivers.

Les chasseurs sont de retour sur l'heure du midi.

Darès avait raison, lance Diane, il fait trop chaud. Si jamais on chope une bête, les mouches vont s'y mettre tout de suite.

En effet, le début de l'après-midi est cuisant. La forêt tremble dans l'air immobile et on laisse peu à peu l'inertie s'emparer de nos corps avachis.

Et si on allait aux framboises ? propose ma tante Hesta dans l'espoir de nous tirer de notre torpeur. On pourrait faire des tartes.

Les jumeaux s'enthousiasment alors que Diane et Darès hésitent. Hesta parvient à les convaincre et on s'aventure avec nos contenants sur le petit sentier qui descend à la rivière. Les jumeaux avancent en zigzaguant dans la forêt. Olio espère les surprendre et les suit en se dissimulant. Un léger voile de pollen flotte dans l'air. Sous la canopée, le ciel n'est visible que dans les trous créés par les arbres tombés. À ces endroits, les rayons réveillent les pousses en dormance, attisant leur soif de lumière et leur esprit de compétition.

Devant, Darès explique à Janot comment repérer la présence des orignaux dominants en lui faisant remarquer les différents frottages sur l'écorce des arbres. Janot s'efforce de rester attentif, mais les théories de mon oncle sur les habitudes du gibier le laissent indifférent.

Ma cousine marche à mes côtés. Dans le soleil, de minuscules poils blonds brillent sur les abords de son visage. Les petites cicatrices creusées par ses boucles d'oreilles rappellent que le monde d'aujourd'hui n'a plus rien à voir avec celui dans lequel nous avons grandi.

Tu te souviens quand on courait dans les champs de maïs ? me questionne-t-elle un sourire en coin.

J'opine sans la lâcher des yeux. On était à peine plus vieux que les jumeaux. On pouvait s'enfoncer pendant des heures dans ces longs couloirs verts. On se fichait éperdument de nos parents qui nous cherchaient et du rebord des feuilles qui nous entaillaient les bras et les jambes.

Et alors, reprend-elle sur un autre ton, comment trouves-tu ça ici ?

Ça fait du bien de revoir la famille, dis-je d'un souffle, de faire de nouveau partie du clan, de se rendre utile. Et, je dois l'admettre, vous êtes bien organisés.

En tout cas, enchaîne Sylvia, on est tranquille ici et les enfants sont heureux. Surtout depuis qu'on leur fait la classe. Ça leur donne un cadre, ça les rassure. Je n'aurais pas osé dire une telle chose cet hiver, mais maintenant c'est vrai qu'on s'en sort pas trop mal. J'ai même des projets.

Un pic-bois martèle un arbre mort, l'écho résonne dans la gueule béante de la forêt. Boccus, qui était derrière, nous rattrape en sifflant. Les jumeaux et Olio surgissent du bois et s'extasient lorsque nous arrivons à la talle de framboisiers. Ma tante avait bien vu, il y en a beaucoup. On s'enfonce dans le feuillage. Les fruits sont larges, rouges et saillants. Certains éclatent entre nos doigts tant ils sont mûrs. On se concentre sur la tâche. Dans la chaleur de l'après-midi, mis à part Rémi et Roman qui bourdonnent autour de leur mère, on n'entend que le froissement des épines sur nos vêtements et la brise qui serpente à la cime des arbres. Soudain, la voix de Darès s'élève au-dessus des branchages.

Un jour, j'étais à la chasse avec Hesta. Ça doit bien faire quinze ans. Il pleuvait et on n'avait encore rien vu, rien entendu. On était dans le même mirador, ma sœur et moi, et on discutait à voix basse. C'est là qu'elle m'a confié avoir ouï-dire qu'on pouvait attirer un orignal en hululant. Elle m'a expliqué que, de loin, l'orignal mâle confond le cri du hibou avec celui d'une femelle. Quand la pluie a fini par cesser et que les nuages se sont dissipés, je lui ai dit vas-y, essaie ton truc, l'affaire du hibou. Alors elle a hululé et on est restés sur le qui-vive, penchés vers la fenêtre de tir. Quand ma sœur m'a donné un coup de coude pour m'indiquer qu'elle venait d'apercevoir du mouvement à travers les branches, je me suis aplombé en déverrouillant ma carabine. Et vous ne devinerez jamais ce que j'ai vu apparaître dans mon viseur.

Hesta n'en peut plus et glousse dans son coin.

Un hibou ! s'exclame Darès.

Les rires fusent, quelques commentaires s'empilent, puis la clameur s'estompe alors que chacun se recentre sur la cueillette. On change de zone à mesure que nos récipients se remplissent. Je me relève pour m'étirer. Mes doigts sont maculés de rouge et mes avant-bras couverts d'égratignures. Je tente de situer les autres, mais ils sont tous agenouillés dans les buissons. Je repère néanmoins Olio à travers les broussailles. Il se retourne en pressentant mon regard puis, avec un air espiègle, il se fraie un passage jusqu'à moi. Je m'accroupis à sa hauteur alors qu'il se plante là, tout près, muet et joueur. Un rayon de soleil se détache du haut des arbres, s'accroche à quelques branches et culbute vers nous. Doucement, Olio avance sa petite face sale et colle son front au mien.

Merci, murmure-t-il, merci de m'avoir pris avec toi.

Une bouffée de chaleur me traverse. Je ferme les yeux et m'agrippe de toutes mes forces à cet instant. Quand on se recule d'un pas pour se regarder, j'ai enfin l'impression qu'il me donne accès à celui qui se cache derrière ses petits yeux noirs.

Un cri retentit. Les têtes inquiètes de ma famille émergent des framboisiers. C'est Sylvia, c'est la voix de Sylvia.

On se lance dans sa direction. Des flèches sombres se détachent des taillis. Ce sont les jumeaux qui accourent, suivis de leur mère à bout de souffle.

C'est un ours ? s'inquiète Darès avec empressement, c'est ça ?

Il jure. Sa carabine est au camp.

Sylvia prend de grandes inspirations, appuyée sur ses genoux. Rémi et Roman restent silencieux, les yeux écarquillés, comme si leur existence était suspendue à ce que leur mère allait dire.

Oui, probablement un ours, se ressaisit Sylvia. Je n'ai pas bien vu, il était caché dans les framboisiers. Les jumeaux n'étaient pas très loin de là. J'ai eu peur. Alors j'ai crié et il a détalé vers la rivière.

Hesta raccompagne Sylvia et les enfants vers le camp en leur assurant que les ours sont des bêtes généralement paisibles.

Darès me demande d'aller jeter un coup d'œil plus loin avec lui. Avant même que j'ai le temps de réagir, Olio part vers la rivière. On se lance derrière lui. Je tente de ne pas le perdre de vue, mais il me distance de plus en plus. Mon oncle, lui, tire de l'arrière. Je débouche sur une immense étendue de fougères. Aucun mouvement dans les alentours. Olio nous a semés. La lumière de fin de journée se désagrège dans le vert dentelé des plantes. Je scrute le sol à la recherche de pistes. Au loin, je perçois la rumeur sourde de la rivière qui creuse lentement ses berges. Darès me rejoint, suintant et époumoné, alors que je tombe sur des petites traces qui suivent d'autres traces de bottes, beaucoup plus grandes. Je siffle et appelle Olio, mais je n'ai comme réponse que l'écho brisé de ma voix.

Mon oncle étudie les empreintes pendant un moment et tente de se figurer leur trajectoire dans la forêt. Il se tourne alors vers moi en s'épongeant le front.

C'est impossible. Il n'y a rien ni personne dans le secteur. Qui veux-tu que ce soit ?

Peut-être un marcheur égaré qui cherchait un endroit pour dormir, déduis-je en repensant à toutes mes nuits passées dans des caches désertes.

Darès reste dubitatif.

On verra. Pour l'instant, allons plutôt récupérer nos contenants de framboises.

Je hausse les épaules, puis hèle Olio de nouveau, à la fois inquiet et embêté par son indépendance. Rien. Je fais demi-tour et emboîte le pas de mon oncle. Au camp, je suis soulagé de constater que mon jeune compagnon est déjà de retour.

Et alors, lui demande Darès aussitôt, cet ours ?

J'ai suivi ses traces jusqu'à la rivière, répond Olio en jetant un bref coup d'œil dans ma direction, mais je ne suis pas parvenu à le rattraper.

SEPT JUILLET

Je fends du bois depuis tôt ce matin. Je lève la hache, je la laisse tomber sans forcer, la bûche éclate et j'en remets une autre. Mes gestes s'enchaînent. Il fait un soleil de plomb, l'air stagne, la sueur perle sur mon front. Je m'efforce de garder le rythme, mais la hache finit par me glisser des mains. Je lève la tête. Olio est avec Boccus et les jumeaux sous les grands cèdres. Au fond de la clairière, j'aperçois Diane qui revient de sa cache de chasse. Elle sort la table pliante du cabanon et s'installe pas très loin avec tout l'attirail nécessaire pour fabriquer des munitions. Elle s'adresse à moi en s'exécutant.

Une fois, il y a quelques années, je suis allée à ma cache avant l'aube. À mi-chemin, deux orignaux se tenaient sur le sentier. Leur souffle chaud faisait des nuages de vapeur dans l'air froid. C'était le temps du rut et ils se courtisaient comme si rien d'autre n'existait autour d'eux. J'ai attendu qu'ils se rapprochent, qu'ils se croisent puis j'ai tiré. Et ce matin-là, s'enorgueillit-elle, j'ai eu deux orignaux avec une seule balle.

Je la regarde verser la poudre, calibrer les projectiles, changer les amorces et huiler le tout.

On n'a jamais trop de munitions, reprend ma tante en changeant de ton, mais ça commence à faire un moment que je n'ai pas vu d'empreintes fraîches, d'excréments ou de branches mangées. Je ne sais pas où est passé le gibier. On a beau être loin de tout, on n'est certainement pas les seuls chasseurs dans le coin. Sans parler de cette chaleur.

Je regarde autour de nous. L'été mord dans la forêt et tout le décor oscille comme s'il s'évaporait. Il est difficile de croire que dans quelques mois cet endroit sera recouvert de neige.

Et qu'est-ce qui s'est passé cet hiver ? finis-je par demander avec précaution, pourquoi Nep est-il parti ?

Diane expire longuement. Ses mains sont à plat sur la table comme si elles pesaient une tonne. Au même moment, Darès surgit du bois en déchargeant sa carabine. Il passe devant nous en nous toisant sans rien dire et file vers le camp.

C'est à lui qu'il faut que tu demandes ça, siffle ma tante le corps noué, pas à moi.

SEPT JUILLET

En fin d'après-midi, on entend un hors-bord pétarader à travers la rumeur de la forêt. Les visages s'illuminent et on se dirige tous vers le petit quai. Les jumeaux se bousculent sur la structure en bois et Sylvia doit intervenir pour calmer le jeu. On regarde Herman approcher. Il manœuvre pour accoster prudemment, le moteur toussote et le canot glisse lentement jusqu'à nous. Tout le monde s'égaie en voyant sa cargaison.

Darès lui demande pourquoi il a mis autant de temps. Herman rougit.

Que voulez-vous ? argue-t-il, en mettant pied à terre, Marchand avait besoin d'un coup de main. Je ne pouvais pas lui refuser ça.

Mes oncles et mes tantes s'échangent un regard suspicieux. Herman rayonne, l'air épuisé mais entièrement serein. On s'empresse de décharger le canot. Farine, huile, sucre, hydromel, tabac, café, oignons, carottes, cinq poches de patates, dix de sel, et plein d'autres choses encore.

Et alors, reprend Darès en regardant avec satisfaction les boîtes de victuailles empilées dans le camp, qu'est-ce que Marchand avait à dire cette fois ?

Herman se mord la lèvre un instant, puis annonce qu'il a une bonne et une mauvaise nouvelle.

Commence par la mauvaise.

Marchand a entendu parler de quelques vols dans les derniers temps. Il dit qu'il y a des groupes qui arpentent le secteur. Des gens qui descendent de la Station, paraît-il.

Je pense aux traces de bottes qu'on a vues hier. Mes oncles et mes tantes s'échangent quelques regards inquiets.

Notre territoire est immense, tranche Darès, arrêtez de vous en faire avec ça. Et la bonne nouvelle, c'est quoi ?

La viande est en demande plus que jamais sur la côte, affirme Herman. Et Marchand a été encore très généreux. Il y a tout ce qu'on a demandé et même des œufs, du beurre et du sirop d'érable ! Comme quoi c'est encore utile d'avoir des copains, n'est-ce pas ?

Boccus approuve, débouche une bouteille d'hydromel et sert une rasade à tout le monde. On cogne nos verres avec tellement d'entrain que, de l'autre côté des murs, on sent la forêt relâcher momentanément son emprise sur nous.

Aussi, reprend Herman sur un autre ton, on ne mangera pas beaucoup de saumon cette année. Des gens ont bloqué la passe migratoire, les saumons sont pris au pied de la chute. C'est pour cela qu'on n'en voit pas ici. Là-bas, ils les pêchent au filet, les fument et les revendent à gros prix. Marchand a tout de même réussi à mettre la main sur quelques caisses. Il m'en a filé une.

On s'en doutait, font Diane et Darès, c'est pour ça qu'on chasse.

On finit de distribuer et de ranger le butin rapporté par Herman pendant qu'Olio et les jumeaux s'amusent en capturant les minuscules papillons gris qui tournent autour des sacs de farine.

ONZE JUILLET

Hesta et Janot m'ont donné un coup de main pour fendre le bois. Ne reste maintenant plus qu'à le corder. Mais pour l'instant, la chaleur est écrasante et nous avons notre semaine dans le corps.

Je vais retrouver Olio. Il n'est pas avec Boccus.

Tu sais, je fais mon possible, précise mon oncle en rangeant le vieux manuel scolaire, mais il ne tenait plus en place. Il s'est éclipsé il y a une heure environ. Et, bien sûr, les jumeaux ont insisté pour partir avec lui.

Je parcours les alentours et les aperçois qui déambulent à l'orée de la forêt. Je suis touché de les voir ensemble et leur propose d'aller au ruisseau pêcher de la petite truite. Les trois jeunes se réjouissent et se mettent aussitôt à la recherche de vers de terre en bordure de la clairière. Olio retourne le sol à la pelle. Les jumeaux l'assistent en défaisant les mottes à la main. Nous partons dans la demi-heure qui suit, avec des appâts et trois cannes à pêche en bois. Sylvia nous interpelle alors qu'on pénètre dans la forêt et se joint à nous.

Arrivés au ruisseau, les enfants se précipitent vers la première fosse pour lancer leurs lignes. Olio aide les jumeaux à mettre les vers et à décrocher les truites.

Sylvia et moi nous assoyons sur un rocher inondé de soleil. On garde un œil sur nos petits pêcheurs, en se faisant bercer par les murmures de l'eau entre les pierres.

On dirait qu'ils sont faits pour s'entendre, souligne-t-elle.

Je souris. Sylvia ferme les yeux. La lumière du jour s'empare de la peau de son visage et de son cou. Je baisse discrètement le regard vers ses jambes élancées. Le chant des cigales résonne dans la forêt. Il est si puissant qu'il me donne des vertiges. La chaleur de l'été nous enveloppe, nous drape, nous couvre. Pendant un instant, j'ai l'impression que nous sommes seuls au monde.

On aurait dû apporter des cigarettes et une bouteille d'hydromel, lance Sylvia en rêvassant.

Des pleurs retentissent peu de temps après. Nous bondissons sur nos pieds et nous allons rejoindre les enfants qui ont déjà remonté le ruisseau sur une bonne distance. Un des jumeaux est tombé et ses bottes sont pleines d'eau. Il se lamente en disant qu'il a été poussé.

J'ai seulement tenté de le rattraper, explique Olio en fuyant mon regard.

Nous prenons le chemin du retour peu après.

Malgré l'incident, les jeunes sont particulièrement enjoués. Ils ont pêché plus d'une vingtaine de truites. Au camp, on les éviscère et les met de côté. La lumière de fin de journée étire l'ombre des grands cèdres. Ce sera bientôt l'heure du repas. En attendant, nous sommes quelques-uns assis sur les marches de la galerie à profiter de la fraîcheur du soir.

L'écho d'une détonation lointaine interrompt soudainement notre quiétude. On pourrait presque croire qu'il s'agit d'un coup de tonnerre. Mais, au-dessus de nos têtes, le ciel est d'une limpidité sans faille. Mes oncles et mes tantes dressent la tête et se consultent.

Ça vient de beaucoup plus bas dans la vallée, conviennent-ils les sourcils froncés.

Il y a des gens là-bas ? intervient Olio.

Je ne crois pas, réplique Darès. Herman les aurait vus en remontant la rivière, n'est-ce pas ?

J'imagine, déclare ce dernier.

Le crépuscule avance vers nous à pas de loup, l'air est immobile, les moustiques abrègent notre conversation. On retourne à l'intérieur et l'odeur alléchante des petites truites panées chasse rapidement nos doutes.

DOUZE JUILLET

C'est dimanche matin. Pour faire plaisir à Olio et aux jumeaux, Hesta décide de faire des crêpes. Mais celle-ci lâche un cri en ouvrant un sac de farine. Une volée de petits papillons gris tournoie autour d'elle.

On a des mites, se décourage ma tante, la farine de Marchand grouille de larves.

Un silence pèse sur le camp. Dans un accord tacite et résigné, on s'active avec zèle pour éliminer les bestioles avant qu'elles contaminent d'autres provisions. On vide les espaces de rangement. On nettoie la cuisine de fond en comble avec du vinaigre. Après, on s'installe sur la galerie pour trier le riz, l'avoine et tamiser la farine. On tente d'en récupérer le plus possible. Un nuage blanchâtre se disperse dans la clairière. Olio et les jumeaux passent dedans en courant et en gesticulant. On brûle tout ce qui est infesté dans le rond de feu en regardant nos trois petites silhouettes blanchies poursuivre leur manège.

On a sauvé l'essentiel, affirme Hesta après avoir fait le compte de ce qui reste, on a réagi à temps.

Tout le monde souffle, sachant qu'on vient d'éviter une catastrophe sournoise.

On pourrait aller se laver à la rivière, propose alors Sylvia pour faire diversion.

Encore tout enfarinés, Olio et les jumeaux sautent de joie. Mes tantes acceptent. Boccus et Herman aussi. Il n'y a que Darès qui résiste, mais il finit par capituler devant l'insistance des autres.

Ma cousine nous emmène au bord d'une fosse, quelques centaines de mètres en amont du quai. On étend nos serviettes sur les galets brûlants de la batture, on se déshabille, puis on s'avance en sous-vêtements vers la rivière. La lumière est vive et la peau blanche de nos dos et de nos jambes contraste avec le teint foncé de nos cous et de nos avant-bras. L'eau est froide. Tout le monde fige en y mettant les pieds.

J'observe la scène. Même si les membres de ma famille ont l'air de géants, leurs épaules voûtées, leurs panses renflées et les poils noirs qui recouvrent leur dos, leurs postures se dévoilent sous un nouvel angle. Même chose pour la silhouette svelte de ma tante Diane et les rondeurs généreuses d'Hesta. Je baisse les yeux sur les cicatrices roses qui s'enroulent autour de mes genoux. Dans ce décor d'arbres, de montagnes et de rivières, la fragilité de nos corps est éclatante.

Amusé par notre retenue, Olio se lance dans la rivière le premier. Les jumeaux l'imitent et nous incitent à les rejoindre. L'eau est bonne finalement, ce n'est que la différence de température avec l'air qui est saisissante. Ça nous ragaillardit. Boccus traverse la rivière à la nage, grimpe sur un rocher qui surplombe la rivière, se cambre et hurle en tambourinant sur sa poitrine. Il saute, regroupe ses membres dans les airs et nous éclabousse en heurtant bruyamment la surface. Nos rires jaillissent, se confondent et rebondissent entre les deux rives. Ma tante Hesta sursaute quand Herman l'entraîne avec lui dans l'eau. Je plonge sous la surface à mon tour et ouvre les yeux. Les rayons du soleil pénètrent dans les profondeurs limoneuses et dessinent le contour sombre des écueils. Au-dessus, une multitude de bras et de jambes s'agitent dans le courant.

Dès que je sors et fais quelques pas sur la berge, l'air chaud de l'après-midi s'enroule autour moi. Sylvia prend un bain de soleil, les yeux dans le creux de son coude. Les jumeaux cavalent dans l'eau peu profonde en faisant gicler des gouttelettes de lumière. Darès et Diane discutent les mains sur les hanches et Olio fouille méticuleusement la grève à la recherche de pierres pour faire des ricochets.

Je vais m'asseoir avec Janot, sur un vieux tronc de bois flotté à l'ombre entre l'appétit de la forêt et le lit de la rivière. Au-dessus de nous, quelques nuages se fondent les uns dans les autres avant de se morceler. Je tente d'entamer la conversation en disant à mon cousin que je n'aurais jamais pensé nous voir nous baigner tous ensemble. Mais il reste plongé dans son bouquin.

Avant, poursuis-je, quand il faisait chaud comme ça, toute la famille se retrouvait autour de la piscine chez Boccus. Tu te souviens ? À part Nep, je ne me rappelle pas avoir vu aucun de nos oncles et tantes se mettre à l'eau.

Et imagine, me réplique-t-il en levant finalement la tête vers moi, le grand-père, lui, n'avait certainement pas imaginé que sa descendance finirait par vivre ici quand il a bâti ce camp.

Le grand-père me revient furtivement en mémoire, avec sa face usée, son odeur de cèdre et sa blague à tabac.

Regarde-les, s'assombrit Janot en levant le menton vers les autres. Regarde-les, ça ne fait pas encore un an qu'on est ici et c'est comme si le monde d'avant n'était plus qu'un vieux souvenir. On dirait presque que ça fait leur affaire. Quand je pense qu'on aurait assez d'essence dans le cabanon pour remplir les réservoirs des véhicules qu'on a cachés sous des branches au débarcadère, je me dis qu'il vaudrait peut-être mieux retourner au village. Moi, j'avais une vie avant tout ça, j'avais des projets, des amis. Et je n'ai jamais aimé la chasse. L'hiver dernier ça allait encore. Je branchais ma tablette quand on partait la génératrice et je passais mes nuits à jouer à des jeux vidéo. Mais les batteries ont fini par s'user. Une chance que, depuis ce printemps, Herman me rapporte des livres de chez Marchand, sinon je ne tiendrais pas le coup.

Mon cousin me regarde fixement. Ses yeux rougissent. Je veux le réconforter et lui dire qu'on est mieux ici qu'au village, mais Olio nous interrompt en nous montrant la grenouille qu'il a attrapée. Les jumeaux accourent pour l'observer aussi. Ils s'exclament en voyant les motifs colorés sur son dos. Olio la dépose par terre et la pousse du bout du pied. Mais la grenouille ne réagit pas. Il recommence, s'impatiente, prend une pierre à deux mains et la lève au-dessus de sa tête.

Mais qu'est-ce qui te prend ?

Olio retient son geste en mesurant mon sérieux. Je reste de marbre jusqu'à ce qu'il baisse les bras et s'éloigne. Les jumeaux s'interrogent, mi-apeurés mi-fascinés, et se mettent à molester le petit batracien à leur tour. Sylvia, qui s'est retournée en m'entendant lever la voix, ordonne à ses enfants de laisser la pauvre bête tranquille quand, soudain, un canot surgit dans le tournant de la rivière. Olio s'avance sur un rocher pour mieux le voir. Sylvia prend les jumeaux par la main et recule de quelques pas. Mes oncles et mes tantes se regroupent et gonflent le torse en fixant l'embarcation qui arrive.

Ils sont quatre à son bord. Deux hommes, une femme et une enfant de l'âge d'Olio. Des canons de carabine dépassent du rebord de l'embarcation. Darès fait un pas en avant en croisant les bras. Son assurance détonne avec la transparence de ses caleçons détrempés.

La femme à l'avant nous salue en soulevant légèrement sa casquette. La jeune fille et Olio s'évaluent du regard. Tout cela ne dure qu'un instant. Ils rament, passent devant nous et remontent imperturbablement la rivière jusqu'à ce qu'on les perde de vue.

On se retourne les uns vers les autres comme si on avait vu un fantôme. Une foule de questions bourdonnent dans nos têtes. La chaleur fait vaciller le paysage. Herman toussote et nous fait remarquer que ses sources sont fiables.

Il y a du mouvement dans le secteur.

DIX-HUIT JUILLET

Aujourd'hui, tout le monde s'est levé en ayant plus ou moins bien dormi à cause de la chaleur. Et une autre journée lourde et collante s'annonce. La mécanique de nos gestes matinaux prend du temps à s'enclencher. Herman avance qu'on pourrait tous laisser tomber nos tâches pour corder un peu de bois avant que le soleil ne tape trop.

En file dans la clairière, on se tend les bûches de main en main. Même Olio et les jumeaux participent. Janot est au bout de la chaîne et empile le tout à la hâte.

Je n'en reviens pas qu'il faille déjà penser à l'hiver prochain, soupire-t-il.

Darès le toise avec consternation.

Tu devrais plutôt être content de ton sort et corder le bois avec plus de soin.

Mon cousin serre les dents. Quelques gloussements se font entendre, puis on se laisse absorber par nos mouvements répétitifs, la texture des écorces, la moiteur de l'été. Dans le milieu de la file, Diane et Darès brisent le silence en évoquant les gens qui sont passés en canot il y a quelques jours. Ils répètent que ce doit être des gens de la Station, comme Marchand disait, et conviennent qu'ils n'ont probablement fait que passer. Car depuis, personne n'a repéré d'indices de leur présence. Olio est engouffré dans ses pensées. Au loin, quelques vautours tracent des cercles dans le ciel.

On garde la cadence jusqu'à ce que le soleil nous force à abandonner notre corvée. On se dirige vers l'ombre des grands cèdres. Janot avance, le pas traînant. Il est l'objet de quelques moqueries quand on remarque à quel point ses cordes de bois sont chancelantes. Il fait un geste de la main pour nous faire comprendre que cela lui importe peu. Le soleil glisse le long de sa trajectoire et l'ombrage persillé des arbres change peu à peu de consistance. Les jeunes courent et se cachent dans les sous-bois environnants. On dirait que la chaleur ne les affecte pas. Sylvia leur demande ce qu'ils fabriquent.

Olio nous a appris un nouveau jeu, répondent les jumeaux en chœur, ça s'appelle les enfants perdus.

Et ils repartent à toute allure. On discute du beau temps qui n'en finit plus. Du niveau de la rivière. Des orignaux qui se tapissent dans les confins de la forêt. Nos conversations s'étiolent, se brouillent et s'éparpillent au travers de la stridulation étourdissante des insectes. Quelques exclamations me sortent de ma rêverie. On vient de proposer une partie de cartes.

Sylvia entraîne Rémi et Roman pour la sieste. Olio abandonne les jumeaux à leur sort et s'empresse d'aller chercher son argent. On s'installe autour d'une grosse souche. Boccus distribue les cartes, Herman met la mise de départ et la partie débute. Bien qu'on soit moins vifs qu'à l'habitude, les cartes et l'argent circulent à un bon rythme. Olio joue avec assiduité et suit tout ce qui se passe attentivement. Je le surprends alors qu'il étire discrètement le cou pour jeter un coup d'œil sur le jeu de Diane à côté de lui. Je l'interpelle. Olio sursaute. Diane se tourne vers lui, méfiante.

Les yeux devant, le sermonne-t-elle. Tu sais jouer maintenant.

Ne t'inquiète pas pour moi, répond-il, frondeur, en remportant une manche.

Je réfrène un sourire devant son succès. Les joutes reprennent, se suivent et s'enchaînent. Bientôt, les billets s'empilent sur la vieille souche. La somme devient considérable. Des éclairs de nervosité traversent les visages. Olio frétille et ajoute soudainement toute sa liasse à la mise. On tente de le raisonner, mais il refuse d'entendre quoi que ce soit. Plusieurs d'entre nous abandonnent le coup. Darès et Boccus échangent un regard complice et misent tout ce qu'ils possèdent à leur tour. Les mâchoires se crispent.

Les cartes parlent, annonce Hesta en les incitant à révéler leur jeu.

Le silence se fait alors qu'on calcule. C'est Darès qui l'emporte. Il jubile en ramassant le magot.

Je finis toujours par reprendre le dessus, se targue-t-il en faisant référence à la dernière soirée de cartes.

Olio se lève, furieux. Diane l'exhorte de se calmer. Celui-ci nous dévisage avec des yeux en charbon ardent.

C'est un jeu, signale Hesta, rien de plus qu'un jeu.

Je pivote et tends une main vers lui.

Ne me touche pas, lâche-t-il avant de tourner les talons et de filer dans le bois.

Tous les regards se dirigent alors vers moi. Diane secoue la tête. Boccus ricane.

Dis quelque chose ! m'enjoint Darès.

Je rétorque qu'il vaut mieux le laisser tranquille. Qu'il a besoin de temps. Les parties recommencent. Sans trop faire de vagues, on gagne, on perd, on se rachète. Un peu plus tard, la chaleur finit par avoir raison de nous et on décrète la fin de la partie. Il est temps. Nos mains moites collent aux cartes, nos yeux sont voilés de sueur, et on arrive à peine à chasser les mouches qui volent lourdement autour de nos têtes.

Olio revient quelques heures plus tard, alors que nous nous préparons à manger. Je suis soulagé qu'il ne soit pas parti plus longtemps. Tout le monde le fixe en attendant des explications. On dirait qu'il a couru. On lui demande ce qu'il se passe.

J'ai trouvé un orignal mort.

DIX-HUIT JUILLET

Olio nous mène vers le bas de la rivière. Nous longeons une espèce de savane entre deux vallons. La végétation est sèche et les moindres brindilles craquent sous nos semelles. La crainte des feux de forêt effleure nos esprits sans que personne ne la nomme. Cela fait un moment qu'on marche et quelques protestations s'élèvent. Olio les ignore sans ralentir jusqu'à ce qu'on arrive devant le cadavre d'un jeune orignal. Ses yeux ont déjà été picorés, sa panse est gonflée à bloc et des mouches bourdonnent en tous sens. Diane s'approche de cette masse inerte pétrie par le soleil.

Regardez, pointe-t-elle du bout du pied, il a été blessé par une balle dans le haut de l'épaule, juste ici. Il a probablement été tiré il y a quelques jours et il est venu mourir ici, rongé par l'infection.

Tiré par qui ?

Pas par nous en tout cas, s'insurge Diane. Nous, on ne manque jamais. Et si on manque, on traque jusqu'au bout.

On reste interdits devant cet amas de viande perdue.

Ça empeste, lance Hesta en s'éloignant.

On repart en laissant derrière nous la mort faire son travail sous le regard impassible de la forêt. Les interrogations et les spéculations fusent sur le chemin du retour. J'écoute distraitement cet amoncellement de paroles.

Il y a du monde qui chasse sur nos terres, conclut Darès. Il va falloir occuper davantage le territoire. Et ouvrir l'œil. Cet orignal-là aurait dû tomber entre nos mains.

Cette nuit, par la petite fenêtre triangulaire du grenier, Olio, Janot et moi écoutons le chant des coyotes qui festoient après avoir découvert une carcasse fraîche.

VINGT-SIX JUILLET

Un peu avant le lever du soleil, la vie reprend dans le camp. Quelques bruits de pas, des paroles échangées à voix basse, un rire étouffé, le bruit de l'eau qui bout. La dernière semaine s'est écoulée comme une même journée répétée sept fois. Nous sommes un paquet de gestes, le jour. Et un bouquet de paroles, le soir.

La canicule s'est dissipée. Boccus et Herman se sont joints aux chasseurs pour augmenter nos chances d'avoir un orignal ou de repérer des chasseurs importuns sur nos terres. Mais pour l'instant, aucun d'entre eux n'a vu ni bête ni intrus. Diane dit que la forêt est d'un calme inquiétant. Malgré tout, elle a tué trois dindons sauvages. Ils sont passés devant elle en gloussant alors qu'elle allait à sa cache. Il y avait trois balles dans son chargeur. De son côté, Hesta a ramené près d'une douzaine de lièvres en faisant la tournée des collets.

Tout ce gibier suffit amplement pour nous alimenter. Et même faire quelques réserves. Mais c'est loin d'être suffisant pour faire du commerce avec Marchand disent les autres.

Plus tôt cette semaine, les cordes de bois de Janot sont tombées. Il a été contraint de tout recommencer après avoir été blâmé pour son manque de cœur au ventre. Ce jour-là, il s'est exécuté avec obstination, les yeux au sol, les lèvres serrées, jusqu'à ce que la nuit l'arrête.

Aujourd'hui, c'est congé. J'en profite pour faire ma lessive à la rivière. Olio m'accompagne. On s'installe sur la batture et on frotte vigoureusement notre linge sale dans l'eau qui bouillonne entre les pierres. On étend le tout sur la rive de galets. Je m'étonne un instant du contraste entre les couleurs des tissus et le vert écrasant du décor. Je me laisse chauffer le dos par le soleil. La rivière chuinte à mes côtés. Olio fixe les montagnes du Parc qui s'élèvent au-dessus de la forêt. Je réfléchis à la panne, à la Station, au village où j'ai passé l'hiver, au mystère de la côte et me dis qu'il est étrange de ne plus savoir ce qui se vit au-delà de ce qui se déroule sous nos yeux. D'avoir si peu de nouvelles du monde extérieur. Et rien d'autre que le gibier et les saisons pour se projeter en avant.

Nous rejoignons les autres pour le repas. Sylvia tente de faire manger ses enfants, mais ceux-ci ne tiennent pas en place. Darès s'empare du calendrier et, malgré le raffut des jumeaux, il commence à énumérer les tâches qui nous attendent. Alors que Boccus et Herman se moquent du sérieux de leur frère, Hesta interrompt la scène et propose à Diane et Sylvia d'aller faire un tour au lac avec les jumeaux. Les trois se consultent du regard alors que Darès reste immobile, accroché aux bras de sa chaise. Des particules vrillent lentement dans les courants d'air. Je me penche vers Boccus.

Quel lac ?

L'automne dernier, m'explique-t-il, on a ouvert un sentier qui monte vers un lac à quelques heures d'ici. On a construit un abri avec des troncs et des bâches. Et, surtout, on a monté une petite chaloupe en aluminium. On y va de temps à autre. Pour ramener du poisson, bien sûr, mais aussi pour changer d'air.

Hesta insiste en disant qu'à défaut d'avoir de l'orignal, on aura au moins de la truite. Diane et Sylvia se rallient à ma tante, toutes trois sortent de table, font leurs bagages et partent vers le lac en emportant les jumeaux dans leur sillage. Janot et Olio les regardent s'éloigner jusqu'à ce qu'ils disparaissent dans les bras des arbres.

Darès raccroche le calendrier au mur sans même avoir inscrit quoi que ce soit, puis se tourne vers les deux garçons qui fixent la forêt.

Il n'est pas trop tard, se moque-t-il, vous pouvez encore les rattraper si vous ne voulez pas rester avec nous.

Herman pouffe de rire. Boccus fouille dans les réserves de la cuisine. Il lève la tête et adresse un sourire à ses frères.

Nos sœurs sont parties avec trois bouteilles d'hydromel. Mais ici, il en reste encore deux caisses.

On dirait alors qu'une nouvelle journée débute. On s'installe sur la galerie pour profiter de la lumière de l'après-midi. La chaleur de l'hydromel fait fondre toutes les incertitudes, nos trapèzes se relâchent et le temps perd momentanément son emprise sur nos existences.

J'observe Olio qui flâne dans la clairière en soufflant sur un moulin à vent en papier. J'imagine qu'il l'a déniché dans les affaires des jumeaux. Mon regard glisse vers les tentes de l'armée qui servent de dortoirs.

Et toi, ça ne te dérange pas de dormir dans le grenier ? me demande Boccus.

Ce n'est pas si mal.

Ça paraît que tu n'étais pas là cet hiver, marmonne-t-il, on dormait là, cordés comme des pensionnaires.

Et vous ronfliez comme des moteurs diesel, ajoute Janot.

Peut-être, convient Darès, mais au moins on était au chaud.

Un peu plus tard, Olio revient vers nous, l'air préoccupé.

C'est vrai que les villages de la côte sont branchés sur des éoliennes ?

La question surprend tout le monde. Moi le premier. Je pensais que son intérêt pour la côte s'était dissipé.

Avec les variations de tension qui ont précédé la panne, réfute Darès, les transformateurs ont grillé. Et ça ne se répare pas comme ça. Les éoliennes peuvent bien tourner, ça ne veut pas dire que le réseau a été remis en état.

La vie normale doit bien reprendre quelque part, objecte Janot, électricité ou pas.

Ah oui, vraiment ? l'interroge Darès. Qu'est-ce que tu en sais ?

Si ce n'était pas le cas, Nep serait revenu, ronchonne mon cousin en haussant les épaules.

Un silence épineux obscurcit l'après-midi.

Peu importe ce qui se passe ailleurs, tonne mon oncle en terminant son verre d'un trait, je ne crois pas que Nep remette jamais les pieds ici.

Boccus et Herman évitent soigneusement d'ajouter quoi que ce soit. Janot est fébrile. Darès le fixe pendant de longues secondes. Ses traits aquilins forment des ombres qui découpent le tranchant de son visage. Il se déplie lentement, va chercher son arme et s'avance dans la clairière.

Allez viens, commande-t-il à mon cousin, après avoir disposé quelques bouteilles vides sur une des cordes de bois.

Janot hésite. Son teint est pâle, presque translucide.

Ça va aller, bredouille-t-il, ce n'est pas nécessaire.

Quand on vit dans le bois, insiste Darès, il faut savoir tirer. On ne peut pas se fier uniquement aux autres, n'est-ce pas ?

Janot expire, descend de la galerie et prend la carabine. Il met du temps à se positionner.

Détends-toi, siffle Darès, ça ne t'explosera pas en plein visage.

Janot se concentre. On retient notre souffle. Olio bouche ses oreilles à deux mains. Janot tire et manque son coup. Mes oncles poussent des remarques alors qu'il recharge son arme et mire de nouveau. Cette fois, quand la détonation nous brûle les oreilles, une des bouteilles vole en éclats.

Était-ce vraiment celle que tu visais ? ricane Boccus en se tenant le ventre.

Mon cousin grimace en se massant la clavicule puis, soulagé, il s'empresse de remplir son verre d'hydromel.

Tu vois, tu y arrives, allègue Darès. Bientôt, tu pourras peut-être aller à la chasse aussi.

Janot esquive son regard. Mon oncle se tourne alors vers moi en levant légèrement le menton.

Vas-y, à toi de nous montrer ce que tu sais faire.

Ça fait longtemps que je n'ai pas tiré. J'avais même oublié à quel point une arme du genre pouvait être lourde. J'épaule. Je ferme un œil et pose la croix du viseur sur la bouteille du milieu. J'expire doucement et, entre deux battements de cœur, j'appuie sur la détente.

Clic.

Aucune détonation. Des railleries fusent derrière moi. Je jure. La douille de Janot était encore dans la chambre.

Tu veux que j'essaie ? me lance une petite voix.

Laisse-moi tranquille.

Allez, s'il te plaît.

Laisse-moi tranquille, j'ai dit.

Je me ressaisis, m'aplombe et fais feu. Le contrecoup secoue tout mon corps, des acouphènes s'emparent de mon ouïe et des tessons de verre virevoltent dans les airs. Je me retourne vers mes oncles, le visage radieux.

Tu n'as pas trop perdu la main, me félicite Darès en levant son verre. Alors, à qui le tour ?

Herman et Boccus se présentent à côté de Darès, prêts à relever le défi. Les trois frères se relaient à tour de rôle, les tirs se succèdent et les bouteilles explosent en tessons comme autant d'éclats de rire.

Diane n'aurait pas fait mieux ! se gonflent-ils.

Boccus évoque l'automne où leur sœur a failli les faire mourir d'une crise de cœur. C'était un matin pluvieux. Ils s'étaient couchés tard la veille et elle seule a eu le courage de se lever. Quand le coup de feu a retenti à l'intérieur du camp, ils ont bondi jusqu'au plafond. Ils se sont regardés en se frottant les yeux. Diane était debout dans le milieu du camp, la carabine à l'épaule. Ils n'en revenaient pas. Elle avait tiré à travers la vitre. Et elle avait eu l'orignal qui filait sous les grands cèdres.

Quelques autres récits de chasse suivent. J'ai beau les avoir déjà entendus plusieurs fois par le passé, je les écoute avec la même fascination qu'Olio. La fois où ils ont sorti à la force des bras l'orignal d'Herman qui était tombé en plein milieu du marécage. La fois où la rivière était tellement haute qu'ils ont eu de la difficulté à remonter jusqu'au débarcadère. La fois où la carabine de Boccus s'était enrayée et qu'un vieux mâle s'est tenu devant lui pendant près d'une heure.

La brunante s'empare lentement de la clairière. Ce soir, personne ne prépare à souper. On continue de boire et chacun grignote à sa guise. Darès allume un feu en l'arrosant avec de la vieille huile. Les flammes montent en flèche dans le ciel et se réfractent dans nos yeux luisants.

Sérieusement, lance Herman en regardant le bois s'embraser, j'aimerais que l'été soit sans fin.

Tu parles, ironise Janot après avoir sifflé son verre, comme si quelqu'un ici avait hâte qu'on se retrouve encabanés.

Ça pourrait être pire, lui rétorque Darès, n'oublie jamais ça.

La conversation reste suspendue un moment avant de reprendre en tournant autour de quelques blagues et de vieilles histoires rassurantes. Boccus offre une tournée de cigarettes.

À quand le prochain voyage chez Marchand ? demande-t-il en rangeant soigneusement son paquet dans sa poche de chemise.

Bientôt j'espère, rêvasse Herman avant de se resservir de l'hydromel.

Boccus le questionne du regard.

Dès qu'on aura de la viande, se reprend-il avant de poursuivre avec une histoire de chasse à l'oie datant de plusieurs années.

Ils étaient postés en lisière d'un champ en espérant qu'un voilier se pose près de leurs appelants. Mais rien. Vers la fin de la journée, Nep n'en pouvait plus d'attendre, il ne tenait pas en place. Quand une nuée d'étourneaux est venue se poser en caquetant dans l'arbre au-dessus de sa tête, il a vidé son chargeur en l'air en gueulant.

Nep, rigole Boccus, l'homme qui parlait aux oiseaux !

Herman s'assombrit après avoir ri avec les autres. Assis sur sa bûche, il a l'air d'un colosse affalé. Les ombres dansent sur ses vêtements de chasse en s'accrochant à la carrure de ses épaules. Boccus s'approche de son frère et lui met la main sur l'épaule. J'imagine qu'ils pensent à Nep.

Olio attise le feu avec un bâton. Des tisons montent vers le ciel. On dirait qu'ils veulent rejoindre les étoiles pour briller comme elles, avec l'assurance que d'autres mondes existent.

J'inspire profondément et me tourne vers Darès, décidé à en savoir plus. Mais avant même que je m'adresse à mon oncle, Olio prend la parole et me vole les mots de la bouche.

Qu'est-ce qui s'est passé avec Nep ?

Darès dévisage Olio en lui demandant en quoi cela le regarde. Un lourd silence crépite au-dessus des flammes.

Nep n'est plus là, s'impatiente-t-il. S'il revient on l'accueillera. C'est encore nous sa famille à ce que je sache. En attendant, il ne peut plus rien pour nous et on ne peut plus rien pour lui.

Tu dis cela, mais c'est toi qui l'as chassé, l'accuse Boccus empourpré d'alcool.

Darès expire en serrant les poings.

Il n'y avait pas que moi qui étais outré par les agissements de Nep, je te rappelle.

Mais qu'est-ce qu'il a fait ? dis-je alors.

Les pupilles de mon oncle se promènent dans leurs orbites et les rides qui marquent son front se creusent. Derrière lui, des éclairs de chaleur illuminent le ciel sans bruit.

Il a fait à sa tête, reprend-il en faisant tourner le contenu de son verre.

Ce n'est pas juste ça, intervient Herman, Nep voulait partir. C'est ce qu'il disait quand je l'ai amené jusque chez Marchand pour qu'il se rende sur la côte. Il n'en pouvait plus. Le fond du bois, l'hiver, la panne, le calendrier, nous.

Soulagé que personne ne relance le sujet, Herman ramasse un bout d'écorce et le roule en forme de cornet. Il y colle sa bouche et imite l'appel lancinant de l'orignal femelle. Le cri se perd dans la nuit.

Tu dois y mettre plus d'émotion, rectifie Boccus en s'emparant de l'instrument.

On se bidonne dès qu'on entend ses premières notes. Darès précise qu'il faut plutôt faire le mâle dominant, mais ses râles nous laissent dubitatifs.

La tension est redescendue aussi vite qu'elle a monté. On ouvre une autre bouteille. Elle passe de main en main alors que mes oncles replongent dans quelques anecdotes, les yeux illuminés par l'hydromel.

Ça nous prendrait un orignal comme le trophée du père qui trône dans le camp ! lance soudainement Darès.

La bête qui couchait les arbres comme un chablis, scandent les trois frères en chœur.

Mais cette connivence ne dure qu'un instant, car ils s'obstinent ensuite à savoir lequel possède la vraie version de l'histoire. Les phrases s'empilent dans le désordre. Je suis ivre. La soirée s'étiole et j'ai de plus en plus l'impression que mes oncles parlent une langue qui m'est étrangère.

Le cône d'écorce tombe entre les mains d'Olio. Il fait le son du jeune mâle avec une justesse étonnante. En voyant nos visages ainsi tournés vers lui, il dit que ce devrait être à lui d'aller à la chasse. Mes oncles se tordent de rire en présumant qu'il tomberait à la renverse au premier coup. Olio rentre la tête entre ses épaules puis file se coucher.

Je l'aime bien ton bonhomme, me souffle Boccus avec une haleine chaude et cendrée, on dirait qu'il vient d'une autre planète.

Je jette un œil vers le camp sans lumière. Encastré dans la forêt, écrasé par le ciel étoilé, il paraît minuscule. Je hoquette en évaluant l'inclinaison d'un grand cèdre qui menace de tomber vers lui. Les autres conviennent qu'il en a toujours été ainsi. Que les grands cèdres penchent tous un peu, mais qu'ils se tiennent ensemble.

Dans la lumière vacillante du feu, les visages de mes oncles se ressemblent. Quelques feux follets brillent comme ils peuvent avant de s'estomper et de disparaître. Janot regarde les étoiles à l'écart, las de nos conversations. Je m'assois à ses côtés et lui demande à quoi il pense.

Aux pick-up qu'on a cachés sous des branches au débarcadère. Nep avait raison au fond. Rester ici est plus fou que d'aller n'importe où. Tout ne peut pas s'être arrêté.

Je hoche la tête sans trop savoir à quoi je donne mon assentiment, je prends appui sur mes coudes et me laisse assommer à mon tour par l'ampleur du ciel.

Les voix enchevêtrées de mes oncles faiblissent progressivement, comme si elles s'enlisaient dans la vase. Bientôt, on n'entend plus que le ronflement des braises.

J'en vois un, s'exclame Janot alors que ce moment de calme paraissait surréel.

Un quoi ? demande-t-on.

Un satellite. Regardez, il va passer en haut de l'arbre, là-bas.

On repère chacun à notre tour le petit point blanc qui suit imperturbablement sa trajectoire dans l'espace.

Vous croyez qu'il fonctionne encore ?

La question reste sans réponse, puis je ne sais trop dans quel ordre, la nuit finit par nous avaler un à un.

VINGT-SEPT JUILLET

Quand je me lève ce matin-là, je sens que mes yeux sont profondément enfoncés dans leurs orbites. Après avoir mangé une bouchée et pris des cachets pour le mal de tête trouvés au fond d'une armoire, je sors prendre l'air.

L'avant-midi est avancé et la lumière est aveuglante. Le bourdonnement des insectes, le chant des oiseaux, le martèlement des pics-bois, tous ces bruits accentuent mes vertiges. Dans la clairière, les bouteilles vides brillent près du rond de feu et un filet de fumée s'échappe encore du tas de cendres. Olio s'anime en me voyant debout, mais son enthousiasme s'émousse en constatant à quel point je suis amorphe. Il me tourne le dos et disparaît dans les hautes herbes. Il revient avec quelques insectes qu'il lance dans une toile d'araignée sous la galerie. Il reste planté là et profite longuement du spectacle.

Je l'interromps dans ses observations et tente de me racheter en lui promettant qu'on ira bientôt à la chasse lui et moi.

Vraiment ? dit-il rayonnant.

Je le lui confirme en passant la main dans sa chevelure rêche. Mes oncles se lèvent à leur tour, la bouche sèche et des plis d'oreiller imprimés sur le visage. J'ignore si c'est à cause de la fatigue, de la migraine ou de nos conversations de la veille, mais Darès semble particulièrement irritable. Il nous assigne les tâches de la semaine, la tête penchée au-dessus du calendrier et de sa tasse de café. On s'active sans poser de questions comme de vieilles machines encrassées se mettent en marche en toussotant.

C'est à moi qu'est revenue la mission d'arracher les vignes vierges qui grimpent sur le mur arrière du camp. Elles sont solidement accrochées au revêtement de bois. Je dois tirer dessus en me servant de mon poids pour qu'elles lâchent prise. Près d'un coin, une planche vermoulue se décroche, emprisonnée dans les vrilles de la vigne. Des fourmis se pressent sous le bois pourri. Elles semblent être bien installées, elles grugent la base du camp, elles le vident de sa substance et accélèrent la détérioration des choses sans qu'on s'en rende compte. Je regarde les petits insectes paniqués fuir de tous les côtés jusqu'à ce que je sente des mandibules se refermer sur la peau de ma cheville.

Je vais voir Darès qui raccommode sa veste de chasse sur la galerie. Je l'avise de ma découverte. Il hausse les épaules.

Il doit rester encore un peu de poison en aérosol dans le cabanon, répond-il une aiguille à coudre entre les dents. Mets ce qui reste, ça va faire pour un temps.

Olio me rejoint alors que je m'apprête à vaporiser le poison.

Je veux le faire, soutient-il, curieux de voir ces petites bestioles travaillantes s'agiter, se tordre, puis mourir dans le produit chimique.

TRENTE-ET-UN JUILLET

Darès a annoncé à Janot qu'il devait apprendre à chasser comme tout le monde. Et que demain serait sa première journée. Cette nuit, j'ai entendu mon cousin tourner sans cesse dans son lit. N'empêche, ce matin à l'aube, il est parti avec Darès, une carabine à l'épaule.

Olio est déçu que ce ne soit pas à son tour d'y aller. Je renouvelle ma promesse.

Bientôt nous irons chasser. En attendant, rends-moi service et va ouvrir le cabanon. On va essayer de réparer la débroussailleuse.

Malgré mes efforts pour l'intéresser à la mécanique, mon jeune compagnon s'ennuie. Il tourne en rond entre les outils, l'essence et la viande.

Diane, Hesta, Sylvia et les jumeaux reviennent du lac à la mi-journée. Olio s'empresse d'aller les retrouver et les aide à étaler leur butin sur la table pliante.

On se réjouit de la quantité et de la taille des truites.

Même si on avait voulu en pêcher plus, se félicitent mes tantes et ma cousine, on n'aurait pas pu en transporter davantage.

En suivant les indications de Diane qui taille des filets parfaitement triangulaires avec chaque prise, on sale abondamment le tout et on dispose les morceaux en croisé dans un grand panier d'osier. Tournant autour de nous comme des moustiques au printemps, les jumeaux et Olio s'amusent à faire parler les têtes de poissons qu'on garde pour faire du bouillon.

La journée est avancée quand nous terminons notre besogne.

Demain, reprend ma tante alors qu'on range le panier d'osier à l'abri des bêtes dans le cabanon, on retourne les filets de bord, dans deux jours on les étale sur les grilles au grand soleil et, d'ici à ce qu'on ait un autre orignal, on aura au moins du poisson séché.

Mes mains sont visqueuses. Et ça fait quelques jours que je n'ai pas pris une douche. Je me dirige vers la petite structure en bois derrière le camp. J'entends l'eau qui coule, il y a déjà quelqu'un à l'intérieur, je devine une silhouette derrière les planches ajourées. Alors que je m'apprête à faire demi-tour, la porte de la douche s'ouvre et Sylvia sort en serviette.

J'ai terminé, dit-elle, c'est à toi.

Je voudrais bouger, mais je suis figé sur place. Ses cheveux bouclés. Ses épaules. La courbe de ses hanches. Elle ramasse ses vêtements au sol et me sourit. Ses gestes lestes et sûrs. Son corps entier comme un pays étranger. Interdit. Cet instant dure quelques secondes, deux minutes, l'été entier, je ne sais pas. On fait quelques pas l'un vers l'autre, on se frôle et Sylvia file vers le camp.

Je saute sous l'eau et me frotte vigoureusement. L'odeur de poisson est tenace. Bientôt, il ne reste plus d'eau chaude dans le petit réservoir. Je reste malgré tout sous le jet froid, le souffle court, les muscles tendus, jusqu'à ce que mon corps soit complètement engourdi.

Darès est de retour avec la tombée du jour. On lui demande pourquoi Janot n'est pas avec lui.

Il a insisté pour passer la nuit dans la cache, explique mon oncle, la lune sera pleine, on ne sait jamais.

Diane signale qu'on ne laisse pas quelqu'un sans expérience chasser de nuit. Surtout pas Janot. Et s'il tire quelque chose ?

Ce sera comme une initiation, argue Darès avant d'aller démarrer la génératrice.

Ce soir, Boccus nous sert de magnifiques filets de truites, du riz et de la purée de navets. Tout le monde est ravi. Et on dévore nos assiettées avec appétit. Après le repas, Darès évoque ce que nous aurons à faire dans les temps à venir. Ramoner la cheminée, décrasser les moteurs, retaper les bécosses. Diane acquiesce, mais souligne qu'il faut d'abord chasser si on veut de l'orignal.

Et qu'est-ce qui arrivera si on n'en tue pas d'autres ? lance Sylvia.

C'est impossible, lui répondent Darès et Diane d'une même voix, il y a toujours eu des orignaux dans la forêt.

Ma cousine les regarde de côté.

Ça nous prendrait un jardin, poursuit-elle. J'ai emporté quelques semences. Et il doit bien y en avoir chez Marchand. On pourrait planter des haricots, des radis, des rabioles, même si la saison est avancée. Mais surtout on pourrait préparer la terre pour le printemps prochain.

Personne ne commente. Seule Hesta semblait au courant du projet et approuve l'idée dans son coin en hochant la tête. Les autres appréhendent le travail qu'une telle entreprise représente. Je revois le jardin luxuriant des deux sœurs qu'on a croisées avant le Parc.

On a même un rotoculteur ! ajoute Sylvia en se tournant vers moi, il suffit de le réparer.

Ça ne vaut pas la peine, soupire Darès, pensez-y, les souches, les pierres, les rongeurs, les insectes. Dans le bois, c'est chasser qui est payant.

Ça ne semble pourtant pas être le cas cet été, réplique sèchement Sylvia.

On ne sait jamais, tente d'esquiver Darès, peut-être que Janot sera chanceux cette nuit !

On est ici pour un moment encore, coupe Hesta en espérant clore le débat, toutes les options sont bonnes. Allez, dormez là-dessus.

Quelques courants d'air plus tard, la génératrice est silencieuse, le camp est vide et des ronflements percent la nuit. Même Olio dort profondément. Je suis étendu sur mon matelas, mais mon corps refuse de se laisser aller au sommeil. Exaspéré, je finis par me lever pour prendre l'air.

Je marche dans l'obscurité sans faire de bruit. Une fois dehors, je m'avance dans l'herbe mouillée de la clairière et j'urine en regardant le clair de lune auréolé de nuages égarés. Quelqu'un toussote derrière moi pour signaler sa présence. Je sursaute, tourne la tête comme un animal apeuré et aperçois un point rouge dans la nuit. C'est Sylvia qui fume, adossée à une corde de bois.

Je la rejoins et m'assois à ses côtés. Elle m'offre une cigarette et met la flamme du briquet devant mon visage.

Tu sais, commence-t-elle, vous faites un beau duo, Olio et toi. Tu ne peux probablement pas le mesurer, mais votre présence ici allège les choses.

Je reste incrédule. Elle me file la bouteille d'hydromel qu'elle tenait entre ses cuisses et poursuit.

Quoi qu'en disent nos oncles et nos tantes, on est coincés ici. La famille, c'est un équilibre fragile. Je suis contente que tu sois là.

La lune embrase le pourtour de la forêt. La nuit chaude est empreinte du chant des insectes. Sylvia se rapproche de moi avec une lenteur magnétique. Le noir de ses pupilles est sans fond. Un courant électrique me traverse le ventre. Mon corps est emporté vers le sien. Nos regards tremblent, nos gestes s'emmêlent, nos bouches se soudent l'une à l'autre et nous sombrons d'un coup dans un rêve terrible et envoûtant. Nous nous empêtrons dans nos vêtements, la clarté de la lune ruisselle sur nos corps frissonnants, la rosée des alentours s'évapore et un brouillard agité nous enveloppe comme si plus rien d'autre n'existait autour de nous.

Soudain, alors que nos ébats prennent de l'ampleur, un coup de feu résonne dans la nuit. On fige et se regarde. Ça vient du bas de la montagne. Trop loin pour être Janot. Puis, à mesure que la détonation semble avoir été le fruit de notre imagination, nous nous plongeons à nouveau dans le carnage intime de la chair.

PREMIER AOÛT

Je m'éveille d'un bond comme si j'émergeais d'une profonde apnée du sommeil. Olio est déjà levé. Mon regard erre dans le grenier en suivant les lignes, les fissures et les nœuds qui sillonnent les planches de bois. Je sens mon cœur battre avec une précision dérangeante. J'ai beau fermer les yeux de toutes mes forces pour les rouvrir d'un coup, hier soir n'était pas un rêve. Ni un cauchemar.

Les marches de l'escalier grincent sous mon poids. Olio est seul en bas. En m'entendant, il lève la tête, me salue et déguerpit dehors. J'ai l'impression qu'il fomente quelque chose.

Il n'y a plus de café. Je regarde partout. Rien. Nous avons passé tout ce que Herman a rapporté de chez Marchand. Je me contente alors d'un peu de thé et me poste devant le calendrier. La page a été tournée. Je regarde les trente et une cases blanches du mois d'août. Elles s'entassent sous la photographie d'un village côtier, ceint d'un côté par une mer d'un bleu sans fond et, de l'autre, par quelques sommets recouverts d'éoliennes.

Je rejoins Darès et Diane qui discutent de Janot avec Sylvia. Il paraît que ma cousine a entendu un coup de feu la nuit dernière. Je lève les yeux vers elle. Elle me fait un clin d'œil discret. Les gouttes de rosée reluisent dans la lumière du matin. Derrière les feuillages, oiseaux, rongeurs et insectes s'activent en tous sens et les bois bruissent de vies secrètes. Une odeur de fumée détourne soudainement notre attention. Inquiétés par le temps sec qui perdure, on tente de déterminer sa provenance.

Ici ! indique Sylvia en repérant Olio qui montre aux jumeaux comment faire un feu avec une loupe et la lumière du soleil. Elle lui retire l'objet des mains.

Il n'a pas plu depuis des semaines, tu pourrais mettre le feu à la forêt, le rabroue-t-elle sévèrement.

Je crains la réaction d'Olio, mais, face à ma cousine, il baisse la tête docilement.

La journée prend son élan. Sylvia a toujours son projet de jardin en tête et, faisant fi de l'avis des autres, elle s'empare de la débroussailleuse afin d'aménager un espace dans le fond de la clairière. Les herbes sont hautes et raides. Elles montent les unes sur les autres jusqu'à hauteur des épaules. Elles s'embourbent constamment dans le mécanisme. Mais cela n'arrête pas Sylvia qui s'acharne à la tâche parmi les insectes affolés, les tiges ruisselantes de sève et l'odeur d'huile brûlée.

Quant à moi, je m'enferme dans le cabanon pour voir comment je pourrais rafistoler le rotoculteur. C'est un vieil engin. Je me demande pourtant s'il a déjà servi.

Je suis surpris que ma famille l'ait apporté ici. Mais Sylvia peut être convaincante. Peu importe, les joints d'étanchéité ont séché et l'huile fuit de partout. Je commence à démonter les durites quand j'entends les jeunes se quereller. J'étire le cou dehors et reste stupéfait. Ils se tiennent en cercle. Et, à tour de rôle, ils se giflent, encaissent, ravalent leurs larmes et recommencent en s'insultant. Déboussolé, j'interviens en les sermonnant et empoigne Olio par le bras. À ma grande surprise, les jumeaux prennent sa défense en expliquant qu'il s'agit d'un nouveau jeu. Un jeu d'endurcissement. Je les somme d'aller retrouver leur mère et amène Olio à l'écart. Celui-ci se débat et proteste.

Mais à quoi penses-tu ? dis-je hors de moi, ce sont des enfants !

Moi aussi je ne suis qu'un enfant, réplique-t-il en me fixant sans ciller.

Je hausse le ton et lui intime d'aller s'excuser sur-le-champ. Il rit. Je tente de le raisonner. Il rit encore plus fort et me propose de jouer à son jeu. Alors que je le dévisage, il tente de m'atteindre avec sa main. Je perds patience et lui crie d'aller au grenier. Il me toise avec son air fourbe puis obtempère, satisfait de me tourner le dos alors que je reste pantois et enragé au milieu de la clairière. Hesta se poste à mes côtés. Elle a vu la scène.

Diane part bientôt pour voir ce qui se passe du côté de Janot, mentionne-t-elle, tu devrais y aller aussi, ça va te changer les idées.

Quelques instants plus tard, je suis en route avec ma tante Diane en direction de la cache du marécage. Elle marche d'un pas décidé. Ses vêtements de chasse se fondent au décor. Sa silhouette est une ombre furtive.

Darès n'aurait jamais dû laisser Janot à son sort toute une nuit, soupire-t-elle.

Dès qu'on aperçoit la petite structure de bois grisonnant, on remarque que la porte est entrouverte. Je grimpe sur la structure pour jeter un œil à l'intérieur. Les vieux sièges de voiture installés devant la fenêtre de tir sont vides. Aucun signe de Janot, à part quelques miettes de nourriture sur le plancher terreux. On examine les alentours du marécage à la recherche de pistes d'orignal, de taches de sang, de feuilles retournées. On ne voit rien. Que ces eaux boueuses qui digèrent silencieusement le pied des arbres.

En temps normal, note Diane, c'est un de nos meilleurs postes de chasse.

Elle hèle mon cousin à quelques reprises. Sa voix s'éparpille dans les confins de la forêt, au travers des pépiements d'oiseaux.

Sylvia est-elle certaine d'avoir entendu un coup de feu ? me demande-t-elle.

Je le crois bien, dis-je en nous revoyant à moitié nus, la tête dressée dans la nuit.

On repère les traces de bottes de Janot aux abords de la cache, mais elles se mêlent rapidement aux nôtres, à celles de Darès et à d'autres va-et-vient.

Il ne peut pas être bien loin, maugrée ma tante en reprenant le sentier en sens inverse.

À mi-chemin entre le marécage et le camp, là où il faut enjamber un ruisseau, un craquement nous fait sourciller. Des bruits de pas dans les feuilles mortes. Probablement un ours. Avec souplesse et rapidité, Diane s'empare de la carabine qu'elle portait en bandoulière. Les buissons qui bordent le sentier sont particulièrement denses et, avec le soleil qui se reflète sur l'écorce argentée des branches, on ne voit rien de ce qui nous entoure.

Ça se rapproche.

Diane épaule son arme. Je recule de quelques pas. Les arbrisseaux s'agitent à quelques mètres de nous et Janot se dérobe à l'emprise de la forêt, le regard ahuri, le visage bariolé d'égratignures.

Je savais que j'avais entendu quelque chose par ici, dit-il pour se donner un peu de contenance.

Qu'est-ce que tu fais là ? s'étonne ma tante.

Vous avez de l'eau ? reprend mon cousin en décrochant les boules de bardanes accrochées à ses vêtements.

Ma tante pointe le ruisseau qui coule juste à côté. Quand Janot se penche pour boire, le canon de sa carabine pointe dans notre direction. Diane nous écarte de la ligne de tir d'un grand geste de bras et s'empare de l'arme pour la décharger prestement. Janot échappe un ricanement embarrassé, puis étanche sa soif dans le petit cours d'eau.

Diane compte les balles dans le chargeur et s'adresse à mon cousin.

C'est toi qui as tiré la nuit dernière ?

Janot se relève. De l'eau dégouline sur son bouc clairsemé. Il fait signe que non de la tête.

Je ne te crois pas, tonne ma tante.

Rendons-nous d'abord au camp, réclame-t-il les traits tirés.

Nous filons sans rien ajouter en regardant le désordre de la nature empiéter sur le sentier. Lorsque nous arrivons à la clairière, les jumeaux se dépêchent d'avertir les autres. Darès sort sur la galerie.

Et alors, où est-il cet orignal ?

Il n'y en a pas, répond Diane, mais c'est lui qui a tiré.

En quelques instants, tout le monde se rassemble autour de Janot.

Je suis remonté le long de la rivière, concède-t-il tout pâle. Je voulais rejoindre le débarcadère pour voir si les véhicules étaient toujours là.

Tu étais supposé profiter de la pleine lune pour chasser, se braque Darès, pas pour te promener.

Janot se masse la nuque en grimaçant.

Et alors, enchaîne Herman, dans quel état ils étaient, nos véhicules ?

Je ne sais pas, je n'ai pas pu voir, il y avait des gens au débarcadère.

Nos yeux s'écarquillent, redoutant la suite de son histoire.

Ils étaient réunis autour d'un feu. Il y en avait même un qui jouait de l'harmonica. J'ai voulu m'approcher sans faire de bruit, mais j'ai buté sur un tronc mort. La musique a cessé et des membres du groupe se sont avancés dans ma direction. Alors, j'ai filé dans la montagne à toute vitesse. Ils ont crié quelque chose derrière moi, mais je n'ai pas compris.

Ils étaient armés ?

Comment voulez-vous que je sache ? Il faisait nuit.

Combien ils étaient ?

J'en ai aucune idée. Il faisait nuit, répète Janot.

Et le coup de feu ? insiste Diane.

Ce n'était rien. Je me suis perdu dans la montagne. J'ai décidé d'attendre le matin, blotti contre une paroi. Je tenais ma carabine entre mes mains, au cas où. Le coup est parti sans que je m'y attende. Le cran de sûreté s'est probablement déverrouillé durant ma course. Vous auriez dû voir la flamme qui est sortie du canon.

Vous auriez dû voir la flamme qui est sortie du canon, l'imite Darès en prenant une petite voix.

Mon oncle se tourne ensuite dans notre direction, et on se demande qui sont ces gens et ce qu'ils font là. Une inquiétude souterraine ravine les visages.

Il faut aller voir, lance Olio.

Les regards convergent vers lui et, rapidement, on convient de remonter en canot jusqu'au débarcadère. Olio jubile.

Toi, tu ne vas nulle part, l'avertis-je en le prenant à part, tu repenseras à ce que tu as fait ce matin.

Il me toise en levant le menton, crache par terre et s'éloigne en donnant des coups de pied au sol.

Et ne t'imagine pas que je vais t'emmener à la chasse de sitôt, dis-je encore, piqué par son attitude.

PREMIER AOÛT

On installe le moteur à l'arrière du canot, on enfile nos gilets de sauvetage et on prend les carabines. Herman est aux commandes, Darès et Diane sont côte à côte sur le banc du milieu, moi je suis à l'avant pour déceler les écueils et donner un coup de rame au besoin.

Nous remontons le courant. Le moteur crachote de temps à autre comme un vieux marinier pugnace. Darès et Diane scrutent les berges en tenant fermement leurs armes. Pour l'instant, rien à signaler. Le décor nous traverse. Les arbres ploient au-dessus du miroir de la rivière, la coque du canot fend l'eau en éclats et quelques truites s'enfuient comme des flèches sombres sur le fond rocheux.

Nous atteignons de petits rapides. Herman ouvre les gaz et dirige le nez de l'embarcation dans la pointe des remous. En tendant l'oreille vers les hoquets du hors-bord, je pense aux réserves d'essence qui dorment dans le cabanon et s'altèrent un peu plus chaque jour. Je fais traîner ma main dans l'eau froide. Je regarde son sillon se refermer derrière en me disant que la logique du temps est imparable et que nos vies tiennent à très peu de choses.

Herman élève la voix par-dessus le bourdonnement du moteur et me prie de guetter les obstacles comme il me l'a demandé. Il a rarement vu le niveau de la rivière aussi bas et cela complique la navigation. Des pierres habituellement immergées affleurent ici et là. Il poursuit en racontant qu'un jour quatre de ses amis remontaient un cours d'eau plus calme encore que celui-ci. C'était la veille de l'ouverture de la chasse et ils étaient chargés à bloc. La noirceur les a surpris. L'éclaireur posté à l'avant ne prenait pas sa tâche au sérieux. Ils ont heurté un tronc d'arbre échoué. Le canot a piqué du nez. L'eau était glacée. Le ciel sans lune. Ils ont été entraînés vers le fond par le vortex invisible du courant. L'un d'entre eux n'est jamais remonté à la surface. Et les autres, transis et égarés dans la nuit, n'ont rien pu faire pour lui.

On reste silencieux et attentifs pendant le reste du trajet. Quand on approche du débarcadère, Herman éteint le moteur et, sous l'impulsion de notre élan, on accoste dans une crique, en retrait. Je mets pied à terre et hale l'embarcation. Autour, tout est calme. On n'entend que les murmures de la rivière et l'accélération de nos battements de cœur.

Peut-être qu'ils sont encore là, lance Darès en chargeant son arme. On va les surprendre en passant par le bois. Ils vont comprendre qu'ils n'ont pas d'affaire à chasser sur nos terres.

On lui emboîte le pas sans faire de bruit. On contourne une coulée limoneuse et on distingue bientôt l'éclaircie du débarcadère entre les arbres. Darès nous fait signe d'observer le sol. Il y a des empreintes de bottes. Et elles sont nombreuses. Le regard de Diane et de mes oncles scintille de colère. Leurs visages se durcissent. En quelques gestes, Darès nous indique comment se disperser pour encercler l'endroit. Je me rends là où j'ai été assigné, la bouche sèche, les membres tendus. La carabine que je traîne me brûle les mains. Je ne sais pas qui sont ces gens, ni dans quoi je me suis embarqué. J'ignore surtout ce dont ma famille est capable. Mais j'écrase mon doute au fond de mon ventre, m'allonge dans les feuilles mortes et appose mon œil au viseur.

Au milieu de l'étendue de gravier, il y a un rond de cendre entouré de bouteilles de plastique, de boîtes de conserve, d'emballages indistincts. En bordure du bois, les deux pick-up et la fourgonnette gisent les fenêtres éclatées et les pneus à plat. Mes muscles se relâchent. Il n'y a personne.

Soudain une ombre traverse les lieux. Mon cœur s'emballe à nouveau. J'ai de la difficulté à tenir mon arme sans trembler. Je reste aux aguets et examine la place avec minutie. Je reprends progressivement mes esprits en me disant qu'il s'agit d'une fausse alarme, d'un clignement de paupière de trop, du trait pressé d'un oiseau ou d'un écureuil tout simplement. Alors que je m'apprête à baisser la garde, je repère finalement un coyote, avec son poil hirsute, ses joues rentrées, ses yeux hagards. Il sent notre présence, mais il n'en fait pas de cas. Il se lèche longuement les babines quand une détonation fait trembler la forêt. L'animal s'effondre en se désarticulant. Quelqu'un siffle trois fois. Je me relève, avance prudemment et rejoins ma tante et mes oncles au beau milieu du débarcadère.

Darès félicite Diane pour la précision de son tir, mais son sourire s'inverse lorsqu'il s'approche des véhicules défoncés.

Il fallait s'y attendre, précise-t-il, ce ne sont pas les branches de sapin qu'on a mises dessus qui allaient les dissimuler indéfiniment.

On inspecte l'endroit, le rond de feu, les rebuts divers. On repère un canot renversé dans les broussailles. Darès remarque que c'est le même que nous avons vu passer il y a quelque temps. Non loin de là, l'herbe est piétinée. Je suis les pistes et tombe sur un tas de viscères sanguinolentes. Un corbeau lève ses yeux noirs dans ma direction, échappe un croassement hargneux, puis s'envole lourdement. Des mouches vertes bourdonnent en tous sens. Les autres arrivent derrière moi et observent les tripes et les tissus reluire au soleil. La scène ne laisse aucune place au doute. Ici même, un orignal a été vidé et découpé en quartiers.

Ils n'ont même pas récupéré le cœur, ni le foie, ni les rognons, s'insurge Diane en fouillant dans les entrailles avec un bâton, mais à voir leur taille, ça devait être un jeune de l'année.

Pendant que Herman constate le piteux état de sa fourgonnette, Darès fulmine en faisant les cent pas. Je m'éloigne pour jeter un coup d'œil au chemin forestier qui passe au-dessus du débarcadère. De grosses pierres saillent un peu partout et de larges trous d'eau asséchés déforment la chaussée terreuse. Il n'y a aucune marque de pneus au sol. Je me demande où ils ont bien pu apporter la viande. Lorsque que je m'apprête à faire demi-tour, mon regard est attiré par un sentier étroit qui file dans la montagne en direction du Parc.

Je retourne vers les autres, songeur. Ils discutent avec un air grave. Derrière eux, la rivière suit lentement son cours, le corbeau est revenu piger dans le tas de boyaux et les arbres tanguent sous une légère brise. Diane récupère son coyote et on se dirige vers notre embarcation. À peine avons-nous fait quelques pas que quatre coups de feu résonnent dans la forêt. Paniqués, on se jette par terre en saisissant nos armes. Seul Darès reste debout. De la fumée s'échappe de l'âme de son canon. Il nous regarde en souriant. Mes oreilles silent si fort que je n'entends pas ce qu'il dit, mais il pointe le canot renversé dans les broussailles. Il est désormais percé à quatre endroits.

On redescend la rivière au rythme des pétarades du hors-bord. On sonde le paysage qui défile comme si lui seul était en mouvement. De retour au camp, les interrogations fusent. Darès explique la situation. La discussion s'étire alors que les jumeaux tournent autour de nous avec des épées de bois. Je m'étonne qu'Olio ne soit pas venu à notre rencontre. Je demande à Hesta où il se trouve. Ma tante consulte Sylvia du regard. Leurs traits se creusent aussitôt.

Je ne sais pas, lance Hesta, on croyait qu'il était parti avec vous.

DEUX AOÛT

Dès que j'ouvre les yeux ce matin-là, l'image du lit vide à mes côtés s'imprime sur ma rétine. Je dévale les escaliers. Les autres sont déjà levés. Je les interroge. Personne n'a vu Olio.

Qu'est-ce qu'il fabrique ? demande Darès en se préparant pour sa journée de chasse.

Je ne sais pas. J'espérais qu'il serait de retour au cours de la nuit.

Pendant un instant, le brouhaha du matin cesse complètement. Même les jumeaux lèvent la tête de leur bol d'avoine. Je m'affale sur une chaise, dérouté.

Il va revenir, affirme Boccus, ne t'en fais pas.

La culpabilité s'empare de moi.

On va aller faire un tour dans le bois, tranche ma tante Hesta pour me tirer de ma torpeur, on ne sait jamais.

Je me ressaisis en m'accrochant à cette idée. Les chasseurs disent qu'ils vont ouvrir l'œil également. Je les remercie en déjeunant en vitesse et pars faire une grande boucle dans le territoire avec Hesta et Herman.

On décide de remonter le pan de montagne derrière le camp. Pour avoir une vue sur la vallée. Nous suivons un petit cours d'eau en nous frayant un chemin à travers les fougères humides et les arbres morts qui jonchent le tapis de la forêt. Quand la montée devient plus abrupte, le ruisseau se divise et se reforme en autant de cascades. Nous progressons dans la pénombre ligneuse. À travers le feuillage on peut entrevoir le camp, le corps ondulant de la rivière et, au loin, les crêtes de la Station.

J'appelle Olio à quelques reprises. Son nom se disperse dans la vallée. L'écho est faible et lointain. Mon oncle et ma tante s'y mettent aussi, on attend un moment en écoutant le grincement des arbres dans le vent puis on reprend notre chemin.

C'est mieux que de rester planté au camp à attendre, mais au fond je ne crois pas qu'on retrouvera Olio comme ça. Il n'est pas perdu. Il est parti. Si jamais il est là, quelque part, il va simplement nous regarder passer.

TROIS AOÛT

Je suis sur le petit quai avec Hesta. Olio n'est toujours pas revenu. Nous sommes absorbés par le mouvement fuyant de la rivière, par les ombres vertes de la forêt sur l'autre rive, par la ligne des montagnes accrochée au ciel.

La rivière est basse et des pierres vertes, grises et bleutées luisent au fond de l'eau. Elles s'enchâssent les unes contre les autres comme les pavés des voies anciennes.

Olio est débrouillard. Il connaît la forêt mieux que quiconque. Il n'a besoin de personne. Mais je m'en veux de ne pas avoir été là pour le retenir. J'enfonce ma tête entre mes mains. Ma tante s'approche et dépose délicatement son bras sur mes épaules.

C'est bien que tu l'aies pris en charge, intervient ma tante, il en a bien besoin. Mais tu le connais depuis combien de temps ? Deux mois à peine ?

Je hausse les épaules, incapable de répondre.

Allez, insiste ma tante en m'entraînant avec elle vers le camp, va donner un coup de main à ta cousine. Ça va te faire du bien de travailler un peu.

Dans l'espace qu'elle a préparé au fond de la clairière, Sylvia m'indique le tracé du jardin. Il y a plusieurs souches à enlever. Je prends la hache et m'attelle à la tâche. Ma tante avait raison. Mes gestes se succèdent et me libèrent de mes préoccupations. Je m'abandonne aux coups que j'assène sur les racines terreuses. Des copeaux de bois volent dans les airs. Les souches sont tenaces, elles refusent de lâcher le sol qui les fait naître. Et quand je frappe une pierre, le manche résonne jusque dans mes os. Des gouttes de sueur perlent sur mon visage, longent mes muscles, imbibent mes vêtements. Je lève la tête pour souffler et observe les jumeaux qui jouent à cache-cache entre les cordes de bois. Leurs parties sont brèves, car ils ne sont que deux. Par moments, ils restent plantés là en examinant les alentours, comme si Olio allait surgir pour les surprendre.

En fin de journée, je suis exténué. J'ai des ampoules aux mains et je n'ai plus la force de penser à rien. J'écoute distraitement mes oncles et mes tantes discuter pendant le repas. Ils font le compte de ce qui commence à manquer, insistent sur la chasse, se moquent à mots couverts du projet de ma cousine.

Quand le bruit de la génératrice cesse et que les ampoules ravalent leur lumière, Janot allume une chandelle et s'installe devant un vieux magazine. Je contemple la pièce dans la pénombre, le paquet de cartes brille sur l'étagère. L'absence d'Olio creuse un abîme en moi. Je retiens mes larmes. Mon cousin me regarde en passant ses doigts rapidement dans la flamme oscillante. Et des ombres immenses traversent la pièce.

CINQ AOÛT

J'ai achevé de remettre en état le rotoculteur en début d'après-midi. C'est Janot qui le manœuvre. Il se fait secouer par l'engin qui mord dans la terre par à-coups. Il trace des sillons entre les souches que nous ne sommes pas parvenus à enlever. Par endroits, la terre est ocre, presque sablonneuse. Ailleurs, l'humus se mêle à des galettes d'argile grise et dure comme de l'asphalte.

Sylvia arrive à mes côtés. Elle s'émerveille de la progression des travaux.

En mettant du compost et en couvrant avec des bâches, explique-t-elle, on va avoir de la belle terre pour l'année prochaine.

Les derniers mots qu'elle prononce restent pris dans ma tête. L'année prochaine semble à des années-lumière. Sylvia me questionne au sujet d'Olio et, désolée, pose sa main sur la mienne. Le rotoculteur crache de la boucane noire puis étouffe sans raison apparente. Janot se retourne vers nous. Je reprends ma main brusquement, laisse mon cousin avec ses problèmes de moteur et retourne au camp comme si je pesais une tonne.

À l'intérieur, Boccus fait des allers-retours dans la cuisine. Il ouvre les armoires, arpente les tablettes, fouille dans chaque recoin.

Il ne reste que six bouteilles d'hydromel, remarque-t-il consterné.

Herman franchit le seuil au même moment et le nargue en lui disant d'arrêter d'en cacher pour lui. Boccus fait semblant de ne pas avoir entendu. Herman s'assoit à la table, abruti par une autre journée de chasse infructueuse.

Normalement, l'été, quand on venait entretenir les sentiers, on croisait des orignaux partout sur le territoire.

Je l'entends sans l'écouter. Je pense toujours à Olio. J'espère qu'il s'en sort. Où qu'il soit. Je m'en voudrais tellement s'il lui arrivait quelque chose. Herman me donne quelques tapes dans le dos en s'apercevant de mon désarroi. J'ai à peine le temps de soupirer que les jumeaux arrivent dans le camp en me demandant quand est-ce que leur ami sera de retour. Voulant m'épargner l'embarras d'une réponse, mon oncle se penche dans leur direction et entreprend de raconter une histoire. Les jumeaux s'installent devant lui, soudainement calmes et attentifs.

Un fermier avait sept chèvres. Mais l'une après l'autre, elles se sont enfuies dans la montagne et ont fini dans le ventre du loup. Sauf une. Le fermier en prit alors grand soin et lui donna un pâturage verdoyant où passait une source d'eau fraîche. Au moins, pensait-il, voilà une chèvre qui ne s'enfuira pas de chez moi. Les jours passèrent et la chèvre s'ennuyait en regardant la montagne. Elle comprenait ses compagnes de s'être sauvées. Elle les enviait. Le fermier devina ses intentions et, ivre de colère, il l'enferma dans l'étable. La chèvre était plus triste que jamais. Mais dans l'étable, une fenêtre était restée entrouverte. Elle bondit dehors et fila vers la montagne. Là-haut, tout lui parut magnifique, les sapins, les vieux chênes, les fleurs bleues, l'herbe grasse, la vallée tout en bas. Elle gambada au soleil toute la journée. Le soir venu, quand elle aperçut la lueur de la maison du fermier au fond de la vallée, elle se demanda comment elle avait pu vivre comme ça aussi longtemps. Puis la lune se leva et un hurlement glacial résonna dans la montagne.

Herman fait une pause en voyant que tout le monde prête l'oreille à son récit. Les jumeaux, eux, attendent la suite la bouche entrouverte.

Au milieu de la nuit, une branche craqua. C'était le loup. La chèvre se raidit et baissa la tête en montrant ses cornes. Le loup recula de quelques pas puis, voyant qu'elle hésitait, il se repositionna au même endroit. Lorsqu'il tenta une première attaque, la chèvre se défendit avec acharnement. Le combat dura toute la nuit. Aux premières lueurs de l'aube, la chèvre était à bout de force. Sa volonté ne suffisait pas à faire plier l'ordre des choses. Alors elle s'allongea doucement dans l'herbe froide du matin et le loup la dévora.

SIX AOÛT

Le temps s'est couvert aujourd'hui. La végétation assoiffée profite de ce répit. Les feuilles se tendent pour capter chaque parcelle d'humidité qui flotte dans l'air.

On pourrait croire que c'est une journée pareille aux autres. Les uns vont à la chasse, les autres s'activent autour du camp. Mais, depuis la disparition d'Olio, le tumulte matinal de voix, de chaises et de vaisselle dans la pièce en bas me paraît de plus en plus étranger.

Je suis penché sur ma pelle, à mélanger avec acharnement des feuilles mortes à la terre poussiéreuse du jardin, quand je sens les premières gouttes s'écraser sur mon dos. Je me redresse et écoute la pluie tambouriner délicatement sur les herbes sèches. L'averse arrive d'un coup et me surprend comme un épouvantail en plein milieu de la clairière alors que les autres courent vers le camp.

Le reste de l'après-midi s'écoule alors entre quatre murs, parmi quelques conversations erratiques, l'odeur de la soupe aux herbes que prépare Sylvia et le chahut des jumeaux. Dehors, la pluie découpe la forêt en bandes verticales et martèle le toit. On dirait même que le temps va virer à l'orage.

Les chasseurs reviennent au camp à tour de rôle, soulagés de voir un peu de pluie. On sert la soupe. Elle a l'air délicieuse, seulement je n'ai pas très faim. J'examine les herbes flotter dans mon bol. J'essaie de me convaincre qu'Olio avait besoin d'air. Peut-être aussi qu'il en avait assez de moi et de ma famille. Depuis que je le connais, il m'a toujours embêté avec sa tête dure et ses histoires, pourtant je n'arrive plus à m'imaginer sans lui.

Les ampoules au plafond baissent d'intensité, puis s'éteignent. L'obscurité nous déconcerte un instant. Il n'y a plus d'essence dans le réservoir de la génératrice. Mais il pleut tellement qu'on préfère allumer quelques chandelles. Le tonnerre roule au loin.

Soudain, un courant d'air s'engouffre dans la pièce et souffle les bougies. C'est Olio qui vient d'entrer dans le camp.

Tout le monde s'étonne et le bombarde de questions. Olio se débarrasse de sa veste détrempée et s'assoit à table en évitant les regards. Je veux m'élancer vers lui et le prendre dans mes bras, mais je me contiens pour ne pas le brusquer. Hesta lui sert un bol de soupe.

Tiens, commence par manger. Tu nous raconteras après.

Les yeux pétrifiés par la fascination, les jumeaux l'observent engloutir le tout. Dehors, le vent et la pluie tournoient alors que l'eau qui déborde de la gouttière crée un vacarme opaque. Je mange en épiant Olio du coin de l'œil. Je suis soulagé. Ma vie reprend enfin de sa consistance. Mon petit bonhomme est de retour.

SIX AOÛT

Et alors, interroge Darès en fixant Olio avec une pointe de méfiance, où es-tu allé comme ça ?

Celui-ci termine sa portion de soupe en portant le bol à ses lèvres puis regarde mon oncle avec aplomb.

Je suis allé faire un tour.

Darès reste incrédule et incline la tête dans sa direction. Dehors, l'orage rugit et crache des éclats de lumière sur la forêt.

J'observe la veste d'Olio accrochée sur le dossier de sa chaise. Elle s'égoutte lentement sur le plancher. Sa coupe et son logo ne me disent rien.

Et où as-tu dormi toutes ces nuits ? poursuis-je alors, résolu à en savoir plus.

Sous des sapins, qu'est-ce que tu crois ?

Et tu n'as croisé personne ? reprend Darès, agacé.

Non, fait Olio en se grattant la tête, personne. Mais j'ai vu des traces d'orignaux en redescendant vers ici. Elles étaient fraîches.

Mes oncles et mes tantes restent circonspects. Le silence qui règne dans le camp me bourdonne dans les oreilles. J'ai l'impression que ma famille s'attend à ce que je sois plus ferme avec lui. Que je joue mon rôle. Parce qu'un enfant ne peut pas disparaître comme ça pendant des jours sans avoir de compte à rendre. Mais moi je sais que plus on insiste avec lui, plus on risque de s'empêtrer dans ses mensonges.

En tout cas, conclut Darès sèchement, alors que le ciel se lézarde derrière lui, j'espère que tu dis vrai.

Il est tard. De l'autre côté des murs, on entend la tourmente s'acharner sur les grands cèdres. On remet la discussion au lendemain et chacun regagne ses quartiers. Je me retrouve alors dans l'obscurité du grenier avec Olio, tandis que Janot tarde en bas comme il le fait souvent.

Tu as une nouvelle veste, dis-je à voix basse.

Elle est bien, n'est-ce pas ?

Où l'as-tu prise ?

Ça n'a pas d'importance, argue-t-il, tu es le seul à t'en être aperçu.

La joie suscitée par son retour s'est déjà entièrement consumée et il m'est difficile de ne pas perdre patience. Je me retourne dans mon lit et j'attends, feignant d'être las de ses histoires.

En fait, finit par raconter Olio, je me suis rendu au débarcadère en passant par le bois. Là-bas, j'ai trouvé un sentier qui monte vers le Parc. Et tu sais quoi ? Il mène directement à la Station, sans passer par le portail ni par le sentier des Crêtes. Avoir su, on aurait pu passer par là !

Je m'assois dans mon lit. Un éclair illumine l'intérieur du grenier. Olio sourit, heureux d'avoir capté mon attention.

C'est vrai qu'il y a des sentinelles, commence-t-il, mais elles n'encerclent pas la Station, elles sont postées à l'entrée des bâtiments. Je suis quand même parvenu à tromper leur surveillance et à rentrer dans un des hôtels. Là-dedans, les personnes vont d'une porte à l'autre, leurs vêtements sont propres, les couloirs sont remplis d'odeurs de cuisine. Aussi, la vue est spectaculaire au dernier étage. On est au-dessus de la forêt. On voit les pentes de ski, les crêtes avec le chalet brûlé et même le belvédère où on s'est arrêtés. Mais après un certain temps, les sentinelles ont fini par me repérer et m'ont sorti de force.

Et tu es resté là-bas tout ce temps ?

Oui, reprend Olio, mais je me suis surtout promené à travers les campements au pied des hôtels. Ils sont nombreux, des centaines peut-être, à vivre entassés dans des tentes ou sous des bâches. Il y a des déchets, des équipements de camping, du linge suspendu partout. Les enfants se querellent pour un rien. Les adultes ont l'air fatigués. Les chasseurs qui reviennent du bois encore plus. Mais au moins, là-bas, personne ne m'a posé de questions. Et tu sais où j'ai dormi ? Dans l'hydravion jaune abandonné sur le bord de la rivière !

Mais dis-moi, finis-je par l'interrompre, qu'est-ce que tu cherchais ?

Je ne sais pas, concède-t-il hésitant, peut-être que mes parents auraient pu atterrir là-bas.

Dehors, le mauvais temps s'est dissipé et la lune est apparue. Sa lumière grise arrive jusqu'à nous et je vois luire le désenchantement dans les petits yeux noirs d'Olio. Je m'approche de lui et le serre dans mes bras. Il enfouit son visage dans mon épaule. Et pleure.

Dans le ciel humide, un nuage esseulé court après l'orage. Il passe devant la lune comme l'ombre d'une main devant un visage.

Je suis content de te revoir, finis-je par lui murmurer, j'ai eu peur que tu ne reviennes pas.

Olio me serre encore plus fort. Je pleure aussi. Mais quand Janot monte au grenier, on se recouche chacun de notre bord et on se tait comme si rien n'avait été dit.

SEPT AOÛT

Un des grands cèdres, celui qui penchait déjà, a été renversé par l'orage de la nuit dernière. Étrangement, personne n'a souvenir du fracas terrible de sa chute ou du sol qui tremble sous l'impact. Mais, au matin, nous sommes sidérés devant ce géant tombé à quelques pas du camp.

L'arbre paraît encore plus imposant une fois au sol, avec son tronc plissé, ses branches tortueuses et sa tête encore imprégnée de ciel. Il a laissé un large trou dans la canopée. Et déjà les jeunes pousses se gavent de la lumière qui leur était interdite.

Quelques instants plus tard, les scies à chaîne hurlent en formant un nuage bleuté et on débite le grand cèdre déchu. On empile les branches pour les amener près du rond de feu et on corde sommairement les rondins. À plusieurs reprises, les scies pétaradent, hoquètent, puis s'étouffent. Darès se tourne dans ma direction.

C'est à cause de l'essence éventée, déduis-je, les carburateurs s'encrassent vite.

Mon oncle fait mine de ne pas m'avoir entendu et s'acharne en tirant sur la corde de démarrage. À ma grande surprise, il parvient à relancer le moteur. Il le laisse tourner à haut régime en me défiant du regard.

Nous terminons en fin d'avant-midi et chacun retourne à sa tâche. Mes oncles et mes tantes vont chasser, Janot fait la classe aux jeunes, Sylvia et moi dérochons une partie du jardin. Tout a repris comme si rien n'avait été interrompu. Mais le moral des troupes est un peu moins flamboyant en fin de journée. L'été avance, toujours pas d'orignal et nos réserves d'huile, de pâtes, de riz diminuent chaque jour.

On n'a qu'à se rabattre sur le petit gibier, commente Hesta en se voulant rassurante.

C'est toujours mieux que d'attendre après un jardin, grogne Darès en se tournant vers Sylvia et moi.

Olio coupe mon oncle et dit qu'il aimerait chasser.

Toi, commence par faire ce qu'on te dit, se fait-il répondre.

Boccus se lève, exaspéré d'entendre son frère jouer au père avec tout le monde et propose une partie de cartes. Les visages s'inclinent. Pourquoi pas ?

Tu ne feras pas le mauvais perdant, cette fois, n'est-ce pas ? avertit Darès en se tournant vers Olio.

Ça va, ça va, interviens-je pour calmer le tout, pas besoin d'en rajouter.

La partie débute. Les cartes défilent sur la table, l'argent se promène, les exclamations fusent. Je participe activement aux joutes, mais au fond, je suis très loin de ce qui se déroule sous mes yeux.

Pendant un instant, l'impression persiste que chacun autour de cette table joue un rôle, sans jamais déroger au personnage qu'on lui a assigné. Que nos échanges sont orchestrés selon une mécanique bien particulière. Que notre acharnement à la chasse et aux travaux est salvateur mais aliénant. Comme s'il y avait une forme de pénitence volontaire dans notre façon de vivre. Je me demande ce qu'on fait ici, à l'écart du monde, comme des naufragés prisonniers d'un océan de verdure.

Darès frappe sur la table. Je sursaute. C'est à mon tour. Je me ressaisis. Les cartes circulent, la chance tourne, les stratégies divergent. Olio rayonne après avoir gagné une petite somme aux dépens de Diane. Quelques manches plus tard, je commence à croire à ma chance, à la possibilité de l'emporter. Le fond de la tête me démange. Je force un peu trop le jeu et je perds une mise importante. Je bouille de rage. Olio observe ma réaction avec un ravissement discret. Je me retiens de ne pas lancer les cartes par terre et de détaler en vitesse.

SEIZE AOÛT

C'est dimanche. On fait le calendrier en buvant une dose mesurée d'hydromel. Les semaines se ressemblent. La forêt ne donne rien et les chasseurs perdent peu à peu leur sang-froid. Darès accuse même Olio d'avoir inventé cette histoire de traces d'orignal dans la montagne. Celui-ci réplique alors à mon oncle qu'il pourrait lui céder sa place.

Avant que Darès ne puisse réagir, j'ajoute que je vais l'accompagner. Que moi aussi j'ai envie de chasser. Que ça fait longtemps.

Les jumeaux suivent la conversation en se grattant le cuir chevelu, envieux.

D'accord, ma cache est à vous, répond Darès en observant la lumière se réfracter dans son verre, en autant que vous abattiez un orignal.

On a un problème, annonce soudainement ma cousine, debout derrière ses enfants.

On lève les sourcils, inquiets.

Les jumeaux ont des poux.

Personne ne dit mot. L'après-midi vient de changer de diagonale. On se gratte le fond de la tête tour à tour, puis on se dévisage, découragés.

Darès nous demande comment cela a pu se ramasser ici.

Peu importe, reprend Hesta, ça ne change rien, il faut régler ça maintenant.

Je jette un coup d'œil vers Olio avec sa touffe de cheveux hirsutes et sa nouvelle veste. Il se contrefiche de cette histoire de poux, il ne pense qu'à la chasse du lendemain.

On se démène jusqu'au soir. Nos draps et nos taies d'oreiller trempent dans des chaudrons d'eau bouillante. Le rasoir électrique et la génératrice n'arrêtent pas un instant. Nos cheveux blonds, noirs, gris ou blancs tombent au sol et sont jetés dans le feu. Même les cheveux bouclés de Sylvia et les barbes embrouillées de mes oncles y passent. Les jumeaux s'étonnent de nos nouvelles têtes et crient que l'odeur des cheveux qui brûlent est insupportable. On enduit ce qui reste sur nos crânes d'un mélange d'huile et de vinaigre préparé par Hesta. On se rince la tête, on range la lessive et on refait nos lits. Il fait nuit quand nous nous assoyons enfin à table, harassés. On se jauge les uns les autres sous la lumière plongeante des ampoules au plafond. Avec nos cheveux courts, les traits de nos visages semblent s'accentuer et apparaissent avec une clarté déroutante.

On a l'air d'une bande de guerriers, lance Darès.

Ou plutôt de prisonniers dans un camp de travail, ironise Janot.

DIX-SEPT AOÛT

Aujourd'hui, depuis l'aurore, nous sommes dans la cache et on guette le marécage. La petite structure de bois est juchée dans les airs, sur un échafaudage attaché à un arbre. Quand le vent se lève, la cache tangue avec la forêt. Et nous nous laissons bercer.

Olio fait quelques appels, les mains en porte-voix. Au moindre bruissement de feuilles, il frétille sur sa chaise, certain qu'un orignal va apparaître. Malgré l'insuccès des derniers temps, le décor semble rempli de promesses. Olio emprunte mon arme pour voir dans le télescope. Il scrute longuement les zones d'ombre sous les arbres.

Boum boum, murmure-t-il alors que partout autour le temps se déploie et nous assiège.

N'empêche, cela fait du bien d'être à l'arrêt. De se fondre dans la lenteur des choses. D'attendre, au lieu d'accomplir.

Je suis heureux d'être avec ma famille. Je n'aurais pas pu aller autre part. Mais je me demande, au fond, ce que je suis venu chercher ici. J'ai l'impression de porter un masque de gestes et de disparaître peu à peu sous les tâches. Quelque chose m'échappe dans ce que nous sommes en train de devenir. Jour après jour, on chasse, on s'échine, on lutte pour une mince parcelle de lumière aux dépens de la forêt. Et on refait le calendrier semaine après semaine sans que personne ne sache quand on sortira d'ici.

Olio et moi sommes assis profondément dans les vieux sièges de voiture. Ma carabine est accotée sur le rebord de la fenêtre de tir. Le bois est immobile. Nous avons probablement passé la mi-journée. Difficile à dire, la clarté du jour s'est barricadée derrière le ventre gris des nuages. La seule lumière qui perce vient plutôt des feuillages, des plantes, des herbes qui nous entourent. Comme si c'étaient eux, le ciel.

Une bestiole trépigne sur le toit spongieux du mirador. C'est un écureuil. On l'entend qui râle, qui glousse, qui glapit. Quand il se pointe sur le rebord de la lucarne, Olio fait un geste brusque dans sa direction et le petit animal se jette dans le vide.

Par après, je perçois un bruit diffus. On dirait des brindilles qui cassent sous des sabots. Mes sens s'aiguisent soudainement, comme si quelqu'un venait d'allumer un interrupteur dans une grande pièce obscure. Je reste aux aguets. Mais plus un son. Je me tourne vers Olio qui semble n'avoir rien remarqué. Peut-être ai-je rêvé et que c'est mon imagination qui s'amuse à mes dépens. Je retombe graduellement dans l'observation béate de la forêt. L'absence de paroles est enivrante.

L'eau stagnante du marécage est un miroir sombre traversé de part en part par des troncs morts. La végétation autour est dense et se voile à mesure que je l'observe. L'engourdissement me gagne, mes yeux se ferment, je lutte un instant, puis tombe dans le sommeil, le menton sur la poitrine. Des images de forêts luxuriantes, de bêtes lumineuses et de ciels de fin du monde s'emmêlent de l'autre côté de mes paupières, quand tout à coup une détonation me déchire les tympans.

Je me redresse le cœur en cavalcade. Olio est à mes côtés, l'œil encore dans la lunette de visée. Il recharge l'arme prestement et se repositionne. La douille vide brille sur le vieux plancher en contreplaqué. Je relève la tête et j'ai beau regarder partout où donne notre fenêtre de tir, le marécage est calme et désert.

Qu'est-ce qui se passe ?

Je l'ai eu. J'en suis certain, mais il est reparti vers le flanc de la montagne. Viens vite, allons voir.

DIX-SEPT AOÛT

Non, bondis-je en reprenant la carabine, il faut attendre. Il va se terrer quelque part et il va mourir au bout de son sang. Si nous partons après lui tout de suite, il va se sentir traqué et il va s'enfoncer dans le bois jusqu'à l'épuisement.

Olio ne me répond pas. Il a besoin de toutes ses forces pour rester en place. Je colle mon œil au viseur. Un léger voile de brume plane au-dessus du marécage, s'agrippe aux quenouilles et brouille la forêt.

Où était-il quand tu l'as tiré ?

Olio pointe un bouquet de pins qui surplombent les eaux vaseuses. Je tente de repérer des traces sur le sol rougi d'aiguilles mortes. C'est à une distance considérable et, avec l'humidité, mon télescope est embué.

Tu es certain que tu l'as bien eu ?

On se tourne l'un vers l'autre. Son sourire l'emporte et décloisonne le mien.

Nous patientons sans rien ajouter. Je sens Olio frétiller sur place. Je lui fais signe de se calmer, mais une fois de plus il part avant même que je puisse le retenir. Je ferme les yeux, exaspéré. Je calcule qu'il nous reste à peu près quatre heures de lumière avant la tombée de la nuit, puis je me lance derrière lui le dos courbé, en faisant le moins de bruit possible. Je retrouve Olio sous les pins. Sur le sol, il y a du sang et des traces qui partent vers la montagne.

Je n'en reviens pas. Olio non plus. Je le félicite. On se lance sur la piste de l'orignal blessé. On progresse aisément au début. Plus loin, par contre, ça se corse. Il n'y a presque plus de sang. On avance en cherchant des indices. Une branche craque quelque part. On s'immobilise. Le son se répète. On dirait des pas. Je fais signe à Olio de s'adosser avec moi derrière un tronc. Le bruit se rapproche. Je déverrouille la carabine et me retourne tranquillement. Je vois du mouvement à travers les branches en contrebas. J'écarquille les yeux, ce n'est pas un orignal, c'est un groupe de quatre hommes qui longent le décor. Je ne sais pas ce qu'ils font là, j'imagine qu'ils ont entendu notre tir et qu'ils traquent le même orignal que nous. Je ne bouge pas d'un iota. Nous n'avons pas de dossard. Si on s'enfuit rapidement, ils pourraient aussi bien nous prendre pour cible.

Olio me tire par la manche et pointe la forêt en direction opposée.

L'orignal, m'indique-t-il, l'orignal est parti par là, viens.

Olio m'entraîne avec lui à travers les arbres. Je jette un coup d'œil derrière et je ne vois déjà plus les autres chasseurs. On s'enfonce dans d'épais buissons. Les jeunes tiges échevelées sont si nombreuses qu'elles finissent par nous barrer le passage. À peine a-t-on fait demi-tour que l'orignal est là, devant nous, à travers les branches. Il nous fixe, le regard creux. On voit luire le sang de sa blessure sur son poitrail. Il respire difficilement, mais tient toujours solidement sur ses pattes.

Olio tend les mains vers moi. Il veut la carabine. Je le repousse et lui fais signe de ne plus bouger. Je m'aplombe sur un de mes genoux et mire la bête dans les broussailles. Son corps est parfaitement de côté. En déplaçant lentement la croix du viseur derrière son épaule, je pense aux gens qui rôdent et je fige.

Mais allez, qu'est-ce que tu fais ? s'impatiente Olio, tire !

Sans réfléchir davantage, j'appuie sur la détente.

Deux perdrix s'envolent sous le coup. L'original est parcouru d'un frémissement. Il fait quelques pas devant lui, puis s'effondre bruyamment dans les taillis. Olio est déjà en train de se frayer un chemin vers lui. Je m'élance à sa suite et on arrive devant cet impressionnant amas de poils rêches avec les pattes de travers, le cou arqué vers les nuages et la langue sortie. Ses yeux sont grands ouverts, sans éclat. C'est un jeune mâle, deux ans peut-être, avec un petit panache asymétrique.

On se réjouit et on rigole en pensant à la tête de mes oncles et mes tantes. On reste plantés là un moment, hypnotisés par l'animal majestueux et difforme dans la mort.

Sans attendre, je sors mon couteau et saigne l'orignal en lui tranchant le cou jusqu'à la jugulaire. Il faut maintenant le vider. Ça fait des années que je n'ai pas fait cela. Je m'accroupis près de la panse énorme de l'animal, trace une entaille le long de son sternum et remonte jusqu'à son cou. Olio m'aide en soulevant une de ses pattes avant. Chaque étape me revient en mémoire à mesure que mes mains se couvrent de sang, de poils et de gras. J'entends pratiquement les voix de Darès et Diane qui me disent comment procéder pour une millième fois. J'ouvre la paroi intestinale, coupe les tendons du bassin, tire sur la trachée, écarte les côtes, enfonce les bras dans la cage thoracique, détache le diaphragme et sors les organes à pleines mains sous les yeux ébahis d'Olio.

Je suis en train de récupérer le foie, le cœur et les rognons à travers les entrailles fumantes quand quelqu'un toussote derrière pour faire remarquer sa présence. Je relève la tête. Les quatre types de tout à l'heure nous fixent, les bras croisés. L'un a le pied sur ma carabine alors que les autres nous encerclent. Olio reste calme. Moi je me redresse en tenant mon couteau le long de ma jambe. Les quatre individus sont impassibles. Je remarque qu'ils portent de vieilles chemises et des pantalons déchirés. Et que les profonds cernes sous leurs yeux détonnent avec leur teint pâle. Le type devant moi est plus chétif que les autres. Ses joues creusent son visage et ses sourcils pèsent sur son regard.

C'est notre orignal maintenant, tonne-t-il.

Je réfléchis. Mis à part mon arme au sol, je crois qu'ils n'ont qu'une seule autre carabine. Nous sommes à une quinzaine de minutes du marécage. Ce n'est pas si loin. Au camp, ils nous ont entendu tirer, c'est certain. Ils doivent déjà être en route.

Ne faites pas les malins, avertit le chétif, partez.

Je baisse la tête en cherchant à gagner du temps.

Vous venez de la Station ? s'interpose Olio.

Le chétif le considère froidement.

Nous aussi, affirme-t-il. Sauf qu'on est partis.

Les quatre compères nous jaugent tour à tour puis haussent les épaules.

Et alors ?

On peut partager l'animal, propose Olio en faisant un pas vers eux. Chacun la moitié. De toute façon, vous ne pourrez jamais tout emporter.

On se tourne tous vers l'imposante carcasse sanguinolente qui gît dans les herbes. L'un des types s'adresse au chétif en se grattant vigoureusement le cuir chevelu.

Allez, la moitié c'est deux quartiers, en les portant à tour de rôle, on sera de retour demain en matinée. Autrement, avec la chaleur on risque encore d'arriver avec de la viande piquée et ça ne vaudra plus rien.

On fait cela ? dis-je pour sceller l'entente.

Le chétif consulte sa troupe du regard, dévisage longuement Olio, puis hoche la tête.

D'accord. Mais terminez ce que vous avez commencé et découpez l'orignal en quartiers. On choisira nos morceaux.

Au-dessus de nous, le ciel gris commence à se distendre. Soulagé, je me penche de nouveau sur l'orignal et fais une incision à la base du cou, relève la peau, coupe jusqu'à l'os et tords la tête jusqu'à ce que ça casse. Ensuite, je longe les dernières côtes de la cage thoracique, insère la pointe de la lame entre deux vertèbres et disloque l'avant et l'arrière de la bête. Il ne reste plus qu'à détacher une rangée de côtes de la colonne vertébrale et nous voilà avec une tête et quatre gros morceaux de viande.

Je fais une pause et jette un coup d'œil autour. Pas de signe de ma famille. Ils attendent peut-être qu'on aille à leur rencontre. C'est peut-être mieux ainsi au final. On prend notre part, ils prennent la leur et ça s'arrête là.

Au camp, on aura qu'à dire qu'un ours nous a volé deux quartiers, me souffle Olio.

En effet, dis-je alors, il va falloir trouver quelque chose.

Le chétif se poste à mes côtés en regardant les pièces de viande. Ses épais sourcils se relâchent. Satisfait de mon travail, il me redonne ma carabine et m'offre une cigarette roulée.

DIX-SEPT AOÛT

Trois coups de feu secouent la forêt. On plie l'échine jusqu'à ce que l'écho se dissipe, puis la panique s'empare de nous. Olio se dépêche vers moi. Les quartiers d'orignal retombent au sol. Tout le monde s'agite. Des voix se font entendre. Celles des types qui se regroupent derrière le chétif, et celles, plus reculées mais plus hardies, de ma famille.

À peine ai-je le temps de cligner des yeux que Darès apparaît en rechargeant sa carabine, suivi de ses frères et sœurs. En quelques instants, les quatre intrus se retrouvent entourés par une meute furieuse. Les mains se serrent autour des armes. Je sens les ventricules de mon cœur qui se contractent et se relâchent avec une précision dérangeante. Le chétif cherche à saisir ce qui se passe. Il est le seul à être armé parmi les siens. Ils ne font pas le poids.

Partez ! gueule Darès, partez maintenant ! Vous êtes sur notre territoire ici.

J'empoigne Olio par le bras et l'amène à l'écart avant que cela ne dégénère.

On a convenu de partager la viande, clame Olio.

Mes oncles et mes tantes nous dévisagent sans comprendre.

Qui a tué cet orignal ? demande Diane.

C'est nous, répondons Olio et moi.

Les types nous accusent de mentir. Darès se plante devant le chétif en retenant son courroux.

Vous avez une entente ? Avec qui ? Eux ? fait mon oncle en nous pointant du menton. Le seul avec qui vous pouvez conclure une entente ici, c'est moi. Et tout ce que j'ai à vous dire, c'est de retourner au plus vite d'où vous venez.

Le chétif regarde dans ma direction avec une profonde amertume. Je me sens pris de tous les côtés, mais je n'ai pas le choix.

Vaut mieux que vous partiez, dis-je honteusement.

Non, il nous faut cette viande, insiste le chétif la voix chevrotante.

Darès s'énerve et lui assène un coup de crosse dans le ventre. Celui-ci s'effondre dans les bras de ses compagnons. Olio s'avance et se poste entre eux et ma famille. Darès l'écarte en l'invectivant, s'empare de la carabine du chétif et retire les cartouches. Olio écume de rage.

Un de leurs enfants a besoin de médication, finis-je par expliquer.

Et toi, me court-circuite mon oncle, tu crois toujours comme ça à tout ce qu'on te raconte ?

Le chétif reprend ses esprits. Lui et les siens échangent quelques paroles à voix basse et se retirent en nous maudissant. Je les regarde s'enfoncer dans l'indifférence de la forêt en me demandant ce que nous sommes en train de devenir. Quand ils ont disparu de mon champ de vision, je me retourne vers ma famille qui se frotte les mains devant la bête morte coupée en morceaux. On nous félicite à coup de tapes sur l'épaule.

Ça veut dire que je retourne bientôt chez Marchand, lance Herman radieux.

C'est bien beau d'abattre un orignal, mentionne Darès, mais en donner la moitié comme ça à des inconnus qui chassent sur nos terres, à quoi vous pensez ? Invitez-les au camp tant qu'à y être !

Personne ne le relance. On s'active plutôt autour de la carcasse de l'orignal.

N'empêche, ça fait longtemps qu'on l'attendait, celui-là, souligne Boccus pour alléger l'ambiance. On va célébrer ça, n'est-ce pas ?

Avec Herman, ils embarquent la tête ainsi que deux quartiers dans le brancard qu'ils ont apporté. Ils repartent vers le camp en soufflant à travers l'obscurité grimpante des sous-bois. Hesta ramasse les abats que j'avais mis de côté. Diane surveille les environs pour s'assurer que les quatre types ne tentent pas de nous suivre.

Où est passé Olio ? me demande Darès, encore à bout de nerfs.

Je remarque son absence à mon tour. Je siffle trois fois et il réapparaît sans rien dire quelques minutes plus tard alors que mon oncle et moi prenons chacun un quartier sur notre épaule.

La nuit est opaque lorsque nous débouchons sur la clairière. Boccus et Herman sont déjà arrivés. Ils nous attendent, effondrés sur la galerie. À peine a-t-on le temps de se remettre de nos efforts que Diane nous commande de démarrer la génératrice, de brancher les lampes de travail, de sortir la table pliante et d'apporter des linges humides. Sylvia et Janot se joignent à nous et se chargent d'apprêter les abats. Pendant ce temps, on écorche les quartiers, on les lave et on les enveloppe dans du coton à fromage. Enfin, on les suspend dans le cabanon en prenant bien soin de fermer le cadenas.

On s'assoit à table comme des ogres affamés et on dévore avec empressement les tranches de foie aux oignons que mon cousin dépose devant nous.

La chair est rouge, presque noire, et elle a un délicieux goût de conifère. Mais cela ne change rien à l'ambiance morose qui règne autour de la table. Quelques phrases s'élèvent entre les bruits de mastication. Elles sont rares et hasardeuses. Ce n'est pas vraiment une conversation.

Il nous reste encore deux bouteilles d'hydromel ! lance Boccus en essayant de nous animer avec sa face rougeaude.

L'alcool de miel brille dans nos verres. On boit en

silence. Quelque chose reste pris dans nos gorges. Même Olio et les jumeaux n'osent pas prendre parole.

Ce n'est qu'après un autre verre que mes oncles et mes tantes commencent à se réjouir en mentionnant le prochain voyage d'Herman chez Marchand.

Il était temps, soulignent-ils en évoquant ce qui nous manque. De la farine, des patates, de l'huile, du sel, des piles, de la laine à tricoter, des légumes frais, du café s'il en a toujours et, surtout, de l'hydromel.

Olio et moi nous taisons et c'est comme si les autres ne nous voyaient plus. Je sais qu'on a encore des comptes à rendre à propos des gens de la Station, mais le sujet est clos pour l'instant. Un peu plus tard, la lumière vacille dans le camp, faiblit, puis cède à l'obscurité. C'est encore la génératrice qui fait des siennes.

Ça tombe bien, nous avertit Diane en se levant, il est tard et on a beaucoup de viande à arranger demain.

Ce soir-là, je me couche en réalisant une fois de plus à quel point je n'ai aucune idée de ce qui se trame à la Station ou ailleurs. Même ici, entre le règne de ma famille et les ruses d'Olio, je ne sais plus dans quel manège je me trouve.

DIX-HUIT AOÛT

Boccus met une marmite sur le feu, Herman aiguise les couteaux, Hesta prend la clé du cabanon sur le crochet près de la porte. Nous allons chercher avec elle les grilles du fumoir, les pots de verre, le sel et on s'installe dans la clairière avec notre butin de viande.

Nous en avons certainement pour trois ou quatre jours. Il faut frotter les plus beaux morceaux avec du sel, tailler le reste en lanières pour les faire fumer ou en cubes pour les mettre en pot. Mes oncles et mes tantes s'exécutent avec constance et précision. Ils découpent la chair en suivant les lignes des muscles comme si les lames de leurs couteaux savaient naturellement où aller. Les jumeaux sont chargés d'éloigner les mouches. Ils courent autour de la table avec des branches de cèdre.

C'est un bel orignal que vous avez tiré, admet Darès en jaugeant la quantité de viande devant nous. Seulement, que ce soit clair, la viande qu'on tue c'est pour nous et personne d'autre. On est onze. Sylvia a deux jeunes enfants. Et si on veut passer un bel hiver, on le sait tous, on a besoin de chaque bête qu'on peut tuer.

Un sourcillement traverse les visages à l'évocation de l'hiver. Je hoche la tête, saisissant très bien pourquoi. Mais une part de doute persiste en moi : ces gens-là aussi en avaient vraiment besoin.

Sans que rien ne soit dit de plus, tout le monde se range derrière Darès et on continue le travail. Deux pies nous observent, postées sur un arbre. Dès que nous avons le dos tourné, elles quittent leur perchoir et s'emparent d'un bout de viande. Olio tente de les effrayer à quelques reprises. Elles le dévisagent sans broncher, sifflent quelques notes et se remettent à lorgner la viande.

Au cours de l'après-midi, je me retrouve seul dans le camp, affairé à la cuisson de la viande en pots. Je plonge les conserves de verre dans l'eau bouillante, j'attends, je les retire et je recommence avec d'autres. Mon regard erre dans la pièce emplie de vapeur. Le lustre naturel du bois s'est altéré avec le temps et tout semble plus foncé, plus sombre que dans mon enfance. Ces quatre murs me donnent soudain l'impression de me trouver dans une caverne profonde ornée de quelques objets dérisoires. Un paquet de cartes, un calendrier et un panache d'orignal poussiéreux.

Bientôt, plusieurs douzaines de pots refroidissent sur le comptoir. En tendant l'oreille, je peux entendre le claquement des couvercles métalliques qui se scellent comme des ventouses. Je repense à l'orignal que nous avons tué. C'était un gros animal qui tenait sur ses pattes, et c'est maintenant de la nourriture dans de petits contenants.

Sylvia entre dans le camp et m'arrache à mes pensées. La vapeur tourbillonne autour d'elle et folâtre dans la lumière qui découpe ses cheveux rasés, son cou, ses épaules.

Alors, demande-t-elle en venant dans ma direction, ils sont prêts ces pots ?

Ses yeux verts sont si francs, si vrais, si près, que je me sens incapable de ne pas y sombrer. Elle glisse une main sous mon chandail.

Qu'est-ce que tu fais ? dis-je désemparé.

Son fou rire l'emporte sur moi et nos corps se rapprochent l'un de l'autre, mus par une force magnétique, souterraine.

La porte du camp s'ouvre d'un coup. On se repousse comme deux aimants qui s'inversent. Boccus et Hesta nous dévisagent un instant puis nous signalent que c'est l'heure de ranger. Qu'on reprendra demain. Et ils repartent avec des caisses de viande en pots.

Nous nous réunissons dans la clairière quand tout est propre et que le cadenas a été remis sur la porte du cabanon. C'était une bonne journée de travail et il reste encore deux quartiers à arranger. Le fait d'avoir de la viande rassure visiblement mes oncles et mes tantes. L'incident avec les chasseurs de la Station se tasse et l'esprit est désormais à la rigolade. Le soleil plonge irrémédiablement de l'autre côté des montagnes. La cime des grands cèdres est illuminée par une lumière jaune et chaude qui contraste avec la zone d'ombre dans laquelle nous sommes plongés. À mes côtés, Olio reste pensif. La main au-dessus des yeux, il scrute le ciel du soir. Soudain, il lève le bras et pointe quelque chose au loin. Je parcours l'horizon du regard et repère une épaisse colonne de fumée qui vrille au-dessus de la forêt. Olio s'avance dans la clairière.

Au feu ! crie-t-il. Au feu !

Mes tantes et mes oncles se consultent. C'est trop gros pour être un feu de camp. Ils craignent que le vent se lève et que ça se propage.

C'est vrai, insiste Olio, il faut aller voir ! Il faut l'éteindre !

Les jumeaux gesticulent avec lui. Tout le monde s'agite en redoutant les conséquences d'un feu de forêt. Herman et Boccus saisissent des pelles et des seaux, et se dépêchent sur les lieux en entraînant le reste de la famille. Darès m'attrape par le bras.

Toi, tu restes ici avec moi.

Je me tourne vers lui. Il est blême. Dans la clairière, Olio nous fait de grands signes pour qu'on vienne aussi. Mais voyant qu'on reste immobiles, il abdique et disparaît dans la forêt avec les autres.

Mon oncle et moi observons longuement les volutes de fumée qui tournoient dans le ciel avant d'épouser les courants d'air.

C'est ma cache qui brûle comme ça, s'inquiète-t-il avant d'aller chercher sa carabine, ça ne peut pas être autre chose.

J'entends du bruit derrière moi. J'ai à peine le temps de me retourner que quelqu'un me fait une clé de bras et me plaque le visage au sol. Je me débats, mais rien n'y fait, je suis pris.

J'appelle mon oncle en essayant de comprendre ce qui se passe. Je le repère alors qu'il se fait désarmer par trois types furieux. Tout se passe très vite. Darès tente de s'expliquer, d'amorcer un dialogue, de négocier. Son flot de paroles se tarit dès qu'il reçoit un coup de pied dans l'entrejambe. Il s'écroule en cherchant son souffle et se recroqueville alors que les autres se ruent sur lui.

Je gueule, me démène et lutte pour me déprendre. Quand je parviens à me retourner pour voir le visage de mon assaillant, je reçois une volée de jointures au visage et tout devient noir.

DIX-HUIT AOÛT

Je reprends mes esprits en entendant le roulement de la génératrice. J'ouvre les yeux. Je suis étendu par terre dans l'herbe humide. Les lumières du camp et du cabanon éclairent la nuit. Hesta et Boccus sont penchés au-dessus de moi. Ils m'aident à m'asseoir. Un violent mal de tête m'assaille. Je tâte mon front et sens la plaie sur mon arcade sourcilière.

Je jette un coup d'œil autour de moi. Olio se tient en retrait dans la clairière. Diane est dans le cadre de la porte du cabanon, l'air découragée. Darès est assis dans l'escalier, une compresse derrière la tête. Il discute avec Herman. Quand nos regards se croisent, il se déplie lentement et vient vers moi en se tenant les côtes.

Ils ne nous ont pas manqués, souligne-t-il, mais moi je n'ai pas perdu connaissance. J'ai tout vu. C'étaient tes amis d'hier. En quelques instants, ils ont pris tout ce qu'ils ont pu et ils ont filé par le bois.

Sans compter qu'ils ont brûlé la cache du marécage, ajoute Diane de loin.

Je suis sonné et cela me prend un certain temps pour assimiler ce qui se passe.

J'imagine les ressorts calcinés des deux vieux sièges de voiture parmi les cendres de la cache.

Allez, insiste sèchement Darès, appelle ton gamin, on va aller régler ça en dedans.

Hesta et Boccus me soutiennent le temps que je me relève. Olio nous emboîte le pas le visage bas et on retrouve les autres autour de la table. La stupéfaction nous écrase. Je lève les yeux vers la tête d'orignal du grand-père accrochée au mur. Elle trône sur notre petit monde fragile et isolé. À mes côtés, Olio regarde ses mains posées sur ses cuisses et ne sourcille pas, même lorsque les voix commencent à s'élever autour de lui.

On s'est fait voler une carabine, deux caisses d'orignal en pots, un peu de poisson séché et trois bidons d'essence, résume Diane.

Ils nous ont pris par surprise, admet Darès, mais ce qui est étrange, c'est qu'ils savaient très bien où était la clé du cabanon. Comme si quelqu'un leur avait dit.

Les regards convergent vers Olio et moi. La table se transforme soudainement en un vaste espace infranchissable. Je sonde les visages qui l'entourent et j'ai l'impression d'être un parfait étranger. Même Sylvia semble douter.

On n'y est pour rien, dis-je en épongeant la blessure sur mon front, qu'est-ce que vous voulez qu'on vous dise ?

Cela n'atténue absolument pas l'air réprobateur de ma famille. Ils cherchent un coupable.

Vous savez, lance alors Olio insolemment à l'attention de Darès, c'est comme ça quand on veut tout garder pour soi.

La gifle part comme un éclair. Le son de l'impact retentit sèchement. Olio accuse le coup sans broncher. Je tempête et bondis vers Darès. Je l'empoigne par le collet. Celui-ci s'agite et me menace en levant le poing. Herman et Boccus s'interposent. Hesta gueule. On fige en s'observant mutuellement avec nos veines saillantes dans le cou et sur le front. Diane souligne que nous sommes déjà assez amochés comme ça. On finit par se rasseoir chacun sur notre chaise. Je me tourne vers Olio. Il frotte sa joue endolorie et ses pupilles s'agitent dans leurs orbites comme si elles cherchaient une porte de sortie.

Personne n'ose reprendre la parole pendant un moment. Les jumeaux tentent de comprendre ce qui se passe en se pressant contre leur mère. Olio monte au grenier sans un mot de plus. Mais Darès ne décolère pas.

Dis-moi, il joue à quoi ton gamin ? Pour qui il nous prend ? Si tu avais un peu plus d'autorité sur lui, on n'en serait probablement pas là.

Moi aussi, je pense qu'il aurait fallu partager la viande, dis-je alors fermement, tout le monde en a besoin. À quoi ça sert de faire comme si personne n'existait à part nous ?

Darès s'empourpre. Ses frères essaient de le calmer sans y parvenir.

Comment penses-tu qu'on va passer les six prochains mois ? En envoyant Herman demander la charité à Marchand ? C'est moi le plus vieux ici et c'est moi qui décide. Si notre manière de vivre vous embête, tonne-t-il comme si plus rien ne pouvait l'atteindre, dites-vous bien qu'on ne force personne à rester ici. Parlez-en à Nep.

Les visages s'allongent alors que l'absence de mon oncle emplit la pièce.

Vous ne saisissez pas, reprend Darès après un moment, maintenant que ces gens ont vu nos réserves de bouffe et d'essence, ils vont revenir, c'est certain.

Le tumulte reprend et les remarques s'emmêlent.

Si ce n'est pas eux, ce sera d'autres. On n'est plus dans la même forêt. Il va falloir patrouiller le territoire et guetter la nuit. On ne se laissera pas faire. Ni par eux, ni par personne.

Et après ça, quoi ? finis-je par m'emporter. On bâtit des fortifications ? Ça n'a pas de sens.

Ça suffit ! éclate Hesta. Fermez-la !

Ma tante nous fixe les yeux tremblants d'un chagrin muet. Ébranlés par le silence qui s'installe, on disparaît à tour de rôle, soulagés malgré tout de remettre le dénouement à plus tard.

Tout ça pour un peu de viande et de l'essence périmée, me dis-je en palpant ma blessure, désemparé.

Boccus m'intercepte alors que je me prépare à aller rejoindre Olio au grenier.

Demain matin, toi et ton petit, vous venez avec moi au lac pour quelques jours. On va pêcher. Et on va laisser le temps aux autres de décanter. On part aux premières lueurs.

DIX-NEUF AOÛT

On monte vers le lac à travers la forêt encore imbibée de nuit. À cette heure, seuls les oiseaux croient réellement à la venue d'un jour nouveau. On suit le tracé sinueux du sentier. Le paysage change à mesure qu'on s'éloigne du camp. La plaie sur mon front n'est pas trop douloureuse, mon genou tient bon. Mais je suis encore happé par ce qui s'est passé hier soir. J'interpelle Olio. Il me dit qu'il n'a rien fait de mal. Que Darès et moi aurions dû venir au marécage avec lui et les autres pour contenir le feu. Je l'écoute en me concentrant sur l'enchaînement de mes pas, à la fois dépassé par l'impudence d'Olio et convaincu que les choses ne pouvaient pas se passer autrement. Dans le ciel du matin, une poignée de carouges pourchassent deux corneilles en les dardant de coups de bec.

On arrive à l'abri de vieilles bâches en fin d'avant-midi. On s'installe, on écope l'eau de pluie qui s'est accumulée dans le fond de la chaloupe d'aluminium et, après quelques coups de rames, on file doucement sur l'onde miroitante du lac.

On se dirige vers l'entrée d'une petite crique ceinturée par des conifères noueux. Sur des branches pendent de longs filets de lichen vert et bleu. Un léger clapotis nous indique qu'un ruisseau se jette quelque part dans les roseaux. On met les lignes à l'eau et on fixe nos flotteurs. Des courants d'air se frottent à nos pensées, la chaloupe tournoie lentement autour de son ancre et, de temps à autre, la longue incantation d'un huard se disperse en échos.

J'observe Olio qui pêche avec un sérieux attendrissant. Ses courts cheveux blonds remplis de lumière, ses vêtements trop petits et son regard fougueux lui donnent des airs de jeune marin. Je me demande de plus en plus comment un jeune garçon comme lui peut réellement trouver son compte reclus dans le fond des bois avec une famille aussi exclusive et acharnée que la mienne ? Qu'est-ce qui nous attend ici ? Qu'est-ce que je peux lui offrir de mieux ?

Olio s'exclame en remontant une première truite. Boccus s'égaie à son tour et mes interrogations restent en suspens.

L'après-midi, le fond de la chaloupe est recouvert de poissons. On se prépare à retourner au bord. Alors que je remonte ma ligne, ma canne se plie en deux et le fil tendu trace de grandes circonvolutions en cherchant les profondeurs. Le moulinet grince à mesure que je le rembobine. La truite bondit soudainement hors de l'eau, éclabousse la tranquillité du soir et regagne les abysses en déroulant tout le fil qu'elle peut. La lutte dure un bon moment. Mes bras se fatiguent. Quand on aperçoit des reflets argentés sous la surface, Olio se penche sur le bord de la chaloupe et saisit la truite par les branchies d'un geste vif et imparable. On s'émerveille de la taille de son ventre rond et orangé, de sa bouche recourbée et de ses larges nageoires.

On pourrait nourrir une armée avec ça, lance Boccus en la soupesant.

Un sourire frondeur se dessine sur son visage et, sans prévenir, mon oncle relance la truite à l'eau. Incrédule, je contemple l'onde de choc qui se dissipe à la surface.

Bien quoi, lance Boccus, comme ton petit bonhomme l'a dit, on ne peut pas tout garder pour nous.

Olio rigole derrière moi. Je reste déconfit un instant puis retire l'ancre. On rentre, hypnotisés par le chatoiement de l'eau agitée par les coups de rame. Quelques heures plus tard, toutes nos prises sont éviscérées et protégées de la chaleur du lendemain sous un épais couvert de sapinage. À la tombée de la nuit, Olio s'éclipse dans l'abri en songeant à la pêche du lendemain. Boccus sort une bouteille d'hydromel de son sac en soulignant qu'elle vient de sa réserve secrète. On s'assoit sur la grève et on regarde les bancs de brume se former le long des rives. Il me passe la bouteille. J'en prends une grande lampée. Une chaleur apaisante descend doucement en moi et j'ai l'impression de me fondre dans ce paysage d'îles, d'arbres et d'eau.

Les journées raccourcissent, commente Boccus en remontant le col de sa chemise. On est déjà de l'autre côté de l'été.

Il dit vrai, et je redoute de plus en plus le moment où le froid et la neige nous forceront à rester enfermés dans le camp. Je bois encore, mais c'est tout le reste qui m'avale.

Nous ne sommes que des pions dans le grand échiquier des arbres, reprend mon oncle. L'incident d'hier ne changera pas grand-chose au final. Notre avenir est derrière nous. Tu sais, ici la forêt est implacable, le camp est petit et les hivers sont longs. Ça ne sert à rien de maudire la panne. C'est comme dans la famille. On lutte pour que rien ne change et on se tient tout en s'entredéchirant. Je n'en reviens pas que nous soyons encore en train de vivre sous le même toit. Dans le même château de cartes. Quand je nous vois aller, je me dis parfois que Nep a eu bien raison de filer vers la côte.

Mon oncle compte les dernières cigarettes qui lui restent avant de m'en offrir une, puis nous fumons en nous en remettant à l'ampleur de la nuit.

Je n'ai qu'une chose à dire au final, conclut-il en terminant l'hydromel, il est encore temps. Sauvez-vous de nous.

VINGT-TROIS AOÛT

Après la pêche du matin, on remonte la chaloupe à l'orée du bois et on prend le chemin du retour, chargés comme des mulets. Olio marche devant. Je le regarde ouvrir le chemin en jonglant encore avec mes soucis. Comment sera la vie au camp après l'altercation de l'autre fois ? Peut-être que Boccus a raison et qu'il vaut mieux partir. Mais pour aller où ? Je n'ai aucune idée de l'état du monde en dehors de notre parcelle de forêt.

On débouche sur la clairière en mi-journée. Vus sous cet angle, les grands cèdres ont l'air de quelques géants fatigués qui tiennent le ciel à bout de bras. Les autres sont affairés autour du cabanon. Ils préparent le prochain voyage chez Marchand.

Herman part demain, lance Darès en nous apercevant. On va compléter le chargement avec une part de nos réserves d'appoint. Il restera encore de la place dans le canot, c'est comme ça. Aussi, sachez qu'on a posé des pièges à ours au débarcadère. Si ces gens-là reviennent, ils vont frapper un nœud.

Olio dévisage mon oncle avec des yeux d'acier. Il dépose lentement sa charge de poisson par terre et s'éloigne aussitôt pour rejoindre Janot qui lit plus loin. Je toise mon oncle à mon tour avec un mélange d'incompréhension et de dégoût, mais celui-ci n'en fait aucun cas. Il me fait plutôt remarquer que ma blessure au-dessus de l'œil a l'air de bien guérir. Qu'on est fait fort dans la famille.

Ma tante Diane arrive vers nous en aiguisant un couteau à fileter. On étale nos prises sur le plan de travail et on prépare les truites en échangeant quelques phrases brèves sur le temps qu'il fait et les comportements particuliers du gibier cet été.

Ce soir-là, Hesta met le cœur de notre orignal en minces tranches sur la table. La texture est dense et la chair, savoureuse. On le dévore en quelques instants comme des oiseaux indigents. Par la suite, comme tous les dimanches, on se retrouve autour du calendrier pour établir l'emploi du temps de la semaine à venir. Couper du bois pour reconstruire la cache du marécage. Occuper les autres places de chasse. Ramoner la cheminée. Faire de la bouffe. S'occuper des jumeaux. Décrasser les moteurs.

Tout cela tourbillonne dans ma tête et je suis frappé de stupeur en réalisant la vitesse à laquelle les choses reprennent leur cours. À quel point rien ne peut ébranler la volonté de mes oncles et de mes tantes de continuer comme ils l'ont toujours fait. Je me demande ce que je fabrique ici. Ce que j'attends. Ce que j'espère. J'ai l'impression de retenir mon souffle en cherchant une issue dans un lac obscurci par la glace. Je passe les mains nerveusement sur le rebord de la table et m'aperçois qu'Olio a gravé son nom au travers des marques anciennes. Je me tourne vers lui. Il me sourit et se retire avec Janot au grenier. Boccus fouille dans la cuisine en espérant trouver une bouteille d'hydromel quelque part. Herman lui dit de se calmer, qu'il en rapportera bientôt.

Je sais que cela ne peut pas continuer ainsi. Ni pour Olio ni pour moi. Il faut que je prenne une décision avant qu'on s'enlise ici et que l'hiver nous prenne de court. Je rassemble mes forces et profite du moment pour demander discrètement à Herman si Olio et moi pouvons embarquer avec lui demain. Pour aller chez Marchand.

Mon oncle opine lentement comme si cela ne le surprenait pas.

Je te l'avais dit, lui souffle alors Darès, n'est-ce pas ?

Diane se tourne dans ma direction avec son air sévère et une déception qu'elle prend bien soin de ne pas montrer.

Mais qu'est-ce que c'est que cette idée ? s'agite Hesta en me fixant les yeux pleins d'eau. Tu ne peux pas. Pense à Olio un instant ! Où veux-tu l'emmener ? On est bien ici. On est en famille. Même moi, je reste ici au lieu d'aller rejoindre Luperc.

J'ai l'impression d'entendre la déchirure se faire à l'intérieur de moi. Je prends la main de ma tante un instant, je me lève en soutenant le regard des autres et je sors prendre l'air.

Je vais au milieu de la clairière. Le roulement étouffé de la génératrice résonne dans l'air comme un vieux rêve. Devant moi, le jardin n'est qu'un tracé de terre pauvre parmi des souches pourrissantes. Plus loin, les arbres forment une toile sombre, un mur à traverser. Quand la lumière s'éteint dans le camp et que le silence se redépose entre les bruits de la nuit, la silhouette de Sylvia apparaît à mes côtés.

C'est une sorte de mêlée perpétuelle ici, tu le sais bien. Personne n'y échappe, mais tout finit par passer, fais-moi confiance. Olio et les jumeaux ne s'entendent pas si mal, tu ne trouves pas ? Et toi, si tu pars, qui va m'aider avec le jardin ?

Une lune gibbeuse se hisse au-dessus de la forêt. Sa lumière découpe le couvert des arbres et ses jeux d'ombres s'entrelacent à nos pieds. Sylvia se blottit contre moi. Nous restons comme ça un bon moment à observer les nuages qui traversent le ciel comme des promeneurs égarés. Quand je sens ses lèvres chaudes se poser dans mon cou, mon corps est parcouru d'un frisson de trop. J'inspire profondément, recule la tête et résiste à ses yeux verts qui luisent dans la nuit. Lorsque je décroche sa main de ma hanche et m'éloigne tranquillement, il ne reste que sa voix qui s'enroule autour de moi.

Je t'en prie, va-t'en pas !

Je monte au grenier d'un pas décidé et commence à préparer mes affaires. Ma bâche, des vêtements de rechange, mon sac de couchage. Mon regard glisse vers la pile de matelas dans le coin du grenier. L'espace autour de moi se rétrécit en imaginant les longues nuits de l'hiver à chercher le sommeil, cordés les uns à côté des autres.

Je me tourne vers Olio. Son sac est déjà fait. À la lueur d'une chandelle, Janot et lui consultent la carte. Mon cousin lève la tête dans ma direction.

Alors, c'est vrai ? Vous partez vers la côte ? Tu crois aussi qu'il y a des villages branchés sur les éoliennes là-bas ? Sérieusement, je ne sais pas combien de temps on pourra tenir ici, mais quand il n'y aura plus d'essence, nos oncles et nos tantes ne seront plus maîtres de rien. Peu importe, j'en ai assez du camp, de faire ce qu'on attend de moi, de voir les querelles s'accumuler. Le calendrier, la viande, la forêt, je n'en peux plus. C'est décidé, demain matin, je pars avec vous.

Janot retourne à son lit et disparaît sous les couvertures. Olio me fait un clin d'œil en rangeant la carte dans ses affaires, puis souffle la bougie.

Je m'allonge à mon tour, complètement exténué mais incapable de dormir. Je pense à Sylvia qui élève ses deux enfants ici depuis un moment déjà. C'est vrai qu'elle y arrive pas trop mal, mais à quoi ça sert de s'entêter à vivre aussi reclus ? Où cela nous mène-t-il ? La nuit s'insinue par la fenêtre ouverte. Au-delà de la clairière, les sons se multiplient tout à coup. Ce sont des bêtes qui couinent, qui brament, qui crient. Des bêtes qui s'accouplent ou qui s'entretuent, difficile de faire la différence.

VINGT-QUATRE AOÛT

Tout le monde est déjà levé lorsque je descends du grenier avec mon sac. On fait mine de ne pas remarquer la fébrilité qui règne dans l'air. Cela pourrait presque ressembler à un matin ordinaire. Boccus prépare de l'avoine, les jumeaux se disputent la place à côté d'Olio, Darès et Diane discutent devant la fenêtre. Herman note les requêtes de tout le monde sur un bout de papier et fait des calculs.

Le soleil dépasse la cime des grands cèdres quand nous terminons le chargement du canot. Le moteur est installé à l'arrière, avec deux bidons d'essence. Et il reste un peu de place entre les conserves de viande et les sacs de poisson séché.

Je reprends mes bâtons de marche qui étaient restés là où je les avais plantés à mon arrivée et j'appelle Olio. Il surgit devant moi avec son sac en bandoulière. Nous jetons un dernier regard au camp enclavé dans la végétation, avec sa toiture couverte de lichen et la fenêtre en triangle du grenier. On rejoint les autres qui nous attendent sur le petit quai en bois.

Je vous ai préparé des provisions, lance Hesta en s'avançant vers nous avec deux sacs en tissu. J'espère que ça vous suffira.

Je la remercie en la prenant dans mes bras, à la fois reconnaissant et bouleversé. Olio aussi se presse contre ma tante.

Soyez prudents, insiste-t-elle.

Diane et Boccus nous souhaitent bonne chance. Janot se tient à leur côté et semble ne rien avoir préparé. Ses bras pendent le long de son corps. Je l'interroge du regard. Il rougit et fait non de la tête.

Pense à me rapporter des livres, rappelle-t-il simplement à Herman, alors que celui-ci s'installe à l'arrière du canot.

Olio le dévisage un instant puis se tourne vers les jumeaux. Sylvia me prend longuement dans ses bras. Darès fait ensuite un pas vers moi. Il me serre la main en me disant à l'oreille de faire attention, car mon jeune compagnon fait ce qu'il veut de moi. Je m'efforce de rester impassible mais souris en voyant les jumeaux qui s'exclament derrière mon oncle.

Mais qu'est-ce que vous faites ? râle-t-il en les voyant chacun tenir une de ses chaussures à l'oreille.

Olio dit que c'est comme un coquillage, expliquent Rémi et Roman d'une seule voix, quand on écoute bien on peut entendre la mer.

Darès gronde intérieurement. Hesta lui met la main sur l'épaule pour le calmer alors qu'Olio salue tout le monde sauf lui, puis embarque d'un bond dans le canot.

Je les remercie tous avec emphase et, la gorge nouée, je prends place à mon tour dans l'embarcation.

Herman met le pied du moteur à l'eau. On défait les amarres et Boccus donne une poussée au canot. On s'éloigne en se faisant lentement prendre par le courant.

Ma famille se tient sans bouger sur le quai comme pour une photo. Avec leurs visages anguleux marqués par le soleil et le labeur, leurs habits de chasse rapiécés et leurs cheveux qui repoussent, ils ont l'air de souverains d'un autre temps aux frontières de leur royaume.

Une profonde hésitation s'empare alors de moi. Qu'est-ce que je suis en train de faire ? Olio, assis à l'avant, se retourne dans ma direction. J'envie sa sérénité éclatante.

Saluez Nep de notre part, raille Darès en formant un porte-voix avec ses mains.

Herman baisse la tête, momentanément découragé par son frère, tire sur la corde de démarrage puis, accompagné par les pétarades irrégulières du vieux hors-bord, nous glissons entre les mailles du filet que forment les arbres immenses au-dessus de la rivière.

Il domine le monde, prodigue la lumière et échappe aux ombres d'ici-bas. Constellé de points de fuite, il est fait d'espérances, de prières, de lendemains inavoués. Les récits qu'il a fait naître n'ont jamais péri. Personne n'en a épuisé le sens. Dieu des temps anciens ou oiseau de métal, il abrite tout ce qui est hors de portée. Il surplombe les destins, il élève les cœurs, il écrase les corps.

LE CIEL

APRÈS-MIDI

La rivière est large et calme. Nous longeons ses méandres pendant plusieurs heures, bercés par le ronflement du moteur qui tourne à bas régime. Au creux des virages se dressent des amas d'arbres déracinés par les crues et la lente usure du courant. Les rives sablonneuses sont bordées par des bouquets de conifères centenaires qui retiennent le sol avant qu'il se dérobe, dans le chaos imparable de la nature.

Olio est penché à l'avant du canot comme une figure de proue. Il jette un coup d'œil vers moi, l'air victorieux, prêt pour l'aventure. Coincé entre les caisses de provisions, je réalise difficilement ce qui m'arrive. Je n'ai plus de montre. Le calendrier de ma famille est loin derrière. Et nous allons vers la côte sans trop savoir où nous allons atterrir. N'empêche, l'air est bon, l'après-midi est inondé de soleil et le décor s'empare de nous. Mes épaules se relâchent. J'ai l'impression de voir la forêt pour la première fois.

Je me retourne vers Herman. Il est impassible, une main sur le bras du hors-bord et l'autre au-dessus des yeux pour se protéger du soleil. Quand il effectue une manœuvre pour éviter un écueil à fleur d'eau, le sillon de notre trajectoire fait onduler les reflets du ciel.

Tu sais, entame mon oncle en se penchant vers moi, quand j'ai emmené Nep ce printemps, il faisait à peu près la même tête que toi. Avec beaucoup d'incertitudes dans les yeux, mais aussi une pointe de soulagement au coin des lèvres. Que veux-tu ? C'est ça la famille. C'est certain qu'il se passe des choses sur la côte. Marchand vous en dira plus. Vous pouvez lui faire confiance.

Plus loin, on voit quelques quais s'avancer timidement sur le corps étincelant de la rivière. On devine parfois des camps à travers la tranquillité apparente des branchages. C'est plus peuplé par ici. Le débit augmente et nous porte avec lui. Le mouvement des masses d'eau commence à se deviner sous la surface. Des vaguelettes bruissent sur la coque. Soudain le cours d'eau s'évase pour former une espèce de bassin. C'est la jonction des rivières. Les courants se rencontrent et le canot se fait secouer par le clapot. Herman ouvre un peu plus les gaz et nous dirige vers une zone plus calme, dans une baie au fond de laquelle apparaissent quelques petits bâtiments juchés à flanc de montagne. On approche lentement d'un petit quai métallique où une chaloupe est amarrée. Herman coupe le moteur.

Il y a déjà quelqu'un, explique-t-il, il faut attendre notre tour. Mais on est chanceux, parfois il y a beaucoup plus de monde.

J'observe l'endroit. Des deux côtés de l'anse, entre les rochers, je discerne des guetteurs dans des miradors. Une clôture de bois court le long de la berge et remonte vers les escarpements. Une porte grillagée donne sur un long escalier menant à des espèces de hangars répartis par paliers. Derrière la rumeur sourde des rivières qui se moulent l'une à l'autre, les échos d'une conversation nous parviennent et deux silhouettes descendent l'escalier, chargées de sacs et de boîtes. Un autre homme les accompagne jusqu'à la barrière. Herman sourit.

C'est Marchand.

Les deux types finissent de charger leur chaloupe et partent prestement. Herman agite poliment la main, mais ils ne prennent même pas la peine de tourner la tête dans notre direction et disparaissent au bout de leur sillage avec leur moteur qui toussote. Eux aussi, j'imagine qu'ils s'entêtent à rester férocement seuls au monde.

Marchand nous fait signe d'accoster. Une fois à quai, il tend la main à mon oncle pour l'aider à monter et l'accueille en lui donnant une accolade. Herman est beaucoup plus grand que lui et on pourrait croire qu'il le couvre en entier.

Sur la porte, il y a une enseigne avec de grandes lettres jaunes.

Ouvert.

Je suis content de te voir, Herman, reprend Marchand, je commençais à m'inquiéter. Et tu as amené de la visite à ce que je vois.

Mon neveu et mon petit neveu, atteste Herman.

Qu'est-ce qu'ils font ici ?

On va vers la côte, répond aussitôt Olio.

Bon, allez, lance-t-il en indiquant un des hangars plus haut, commençons par débarquer vos affaires.

On effectue plusieurs allers-retours dans le long escalier avec nos boîtes, nos sacs et tout ce que nous avons apporté. Après qu'on a amarré notre canot en retrait pour le dissimuler, Marchand nous invite à monter, cadenasse la porte et retourne l'enseigne.

Fermé.

SOIR

Dans le hangar où on se trouve, il y a des étagères en rangées avec des poches de farine, de riz, d'avoine, de sel, des contenants d'huile. Un des murs est coloré de conserves de toutes sortes, certaines fabriquées maison, d'autres industrielles. Olio se tourne de tous les côtés, ébloui. Des betteraves, de la viande, des olives, des pêches, des cœurs de palmier, des fèves, des œufs dans le vinaigre.

Marchand évalue notre butin en sortant un calepin de sa veste.

C'est une belle cargaison que vous avez là, constate-t-il, mais il y a beaucoup de poisson et pas tant de viande rouge.

On a ce qu'on peut, répond Herman en haussant les épaules. Je te raconterai.

C'est partout pareil, assure Marchand, le gibier est rare alors tout le monde se rabat sur les lacs.

Mon oncle sort sa liste.

On fera ça quand tu partiras, lui souffle Marchand. Tu es là pour quelques jours j'espère ?

Le visage d'Herman est traversé d'un rictus embarrassé.

Tu n'auras qu'à dire à ta famille que j'avais encore besoin d'un coup de main, reprend Marchand, rieur. En attendant, venez, allons chez moi.

En atteignant le palier suivant, des aboiements nous font sursauter, Olio et moi. Adossé à une petite bâtisse, il y a un enclos avec quatre gros chiens noirs. Marchand siffle entre ses doigts pour qu'ils se taisent et ouvre le portillon. Les bêtes se précipitent vers leur maître, me reniflent, lèchent les mains d'Olio. Marchand siffle de nouveau et les chiens se dispersent. On grimpe encore quelques marches, jusqu'à une cabine. Le repaire de Marchand. Une chambre, une cuisinette et un salon avec des bibliothèques chargées de bouquins. Dans un coin, il y a une table, une machine à écrire, différentes piles de papiers, des notes manuscrites éparpillées, une lampe à huile, un verre souillé, un vieux téléphone à roulette, une calculatrice solaire, un cendrier rempli de mégots. Olio appuie sur quelques touches de la machine à écrire et fait sonner le retour à la ligne. Il nous jette un bref regard, décroche le combiné du téléphone et compose un numéro. Quelques secondes restent en suspens, puis Marchand nous propose de boire un verre sur sa terrasse. La vue est imprenable. On voit les deux rivières qui bataillent pour le même lit, la baie, et la forêt qui s'étale, verte et mouvante, jusqu'à la ligne accidentée de l'horizon.

Alors, vous allez vers la côte ? lance Marchand en s'assoyant. Vous savez, il y a deux façons d'y arriver. Si vous descendez la rivière, il vous faut une bonne embarcation. Ça brasse dans le secteur des rapides blancs. Mais surtout, il y a les gens de la passe migratoire. Ils gardent le saumon pour eux et contrôlent la circulation. Disons qu'ils ne sont pas très accommodants.

Olio et moi échangeons un regard hébété.

Sinon vous passez par le bois, reprend Marchand. Avez-vous une carte ?

Olio fouille dans ses affaires et déplie la carte sur la table. Marchand se penche au-dessus de la masse informe des dénivelés, pointe la jonction entre les deux rivières où on se trouve et déplace son doigt lentement vers l'Est.

Vous allez d'abord devoir franchir les brûlis, explique-t-il, vous avez peut-être vu des images à la télévision il y a quelques années. Après un été très sec, les orages ont provoqué des feux déments dans le secteur. Des centaines de kilomètres carrés de forêt ont été réduits en cendres. Il vous faudra ensuite passer les tourbières, traverser les massifs, puis redescendre par le secteur des lacs.

Après, insiste Olio, on atteindra les villages de la côte, n'est-ce pas ?

Marchand sourit devant sa détermination.

Et c'est vrai cette histoire d'éoliennes ? interviens-je à mon tour.

Des éoliennes, s'esclaffe-t-il, il y en a partout sur le littoral ! Mais pour se brancher directement dessus, je ne sais pas, j'ai entendu toutes sortes de choses. Le moins qu'on puisse dire, c'est que certains villages sont bien organisés. D'où pensez-vous que viennent l'hydromel, la farine, le sel et tout le reste ?

La nuit se resserre tranquillement sur la terrasse. Le ciel découpe la silhouette de la forêt. Quelques corbeaux croassent en allant d'une cime à l'autre. En contrebas, la fourche des rivières est une longue flèche d'ombre. Marchand reprend la parole.

Un de mes bons amis venait de partir dans le Sud quand la panne a commencé. Je me demande à quoi ressemble la vie, aujourd'hui, sous les palmiers. Vous savez, ici les gens s'activent avant l'hiver, mais la plupart sont totalement dépassés par ce qui leur arrive. Pourtant, le grand air, l'eau pure, la vie en forêt, ce n'est pas ce dont tout le monde rêvait ?

Herman lui met la main sur l'épaule. Un éclat de tendresse passe furtivement dans leurs regards. Dans la nuit, on entend parfois les chiens qui arpentent frénétiquement les alentours. Au-dessus de nos têtes, la voûte céleste se dévoile lentement.

Voyez-vous, relance Marchand après un silence, les trois étoiles qui brillent là-bas. Elles forment une ligne au centre d'une espèce de quadrilatère. C'est la silhouette d'un chasseur, avec un couteau à sa ceinture. Regardez, il y a une étoile orangée sur son épaule gauche.

Nous tentons de repérer la constellation. Marchand se penche vers Herman pour la lui montrer.

Il paraît qu'on lui aurait un jour crevé les yeux pour l'abandonner en pleine forêt, précise notre hôte. Après des semaines d'errance, un enfant serait venu le voir pour grimper sur ses épaules et le guider jusqu'à la mer. Là-bas, il aurait miraculeusement retrouvé la vue.

Je tente d'imaginer ce que Marchand vient de raconter dans le tracé des étoiles. La soirée s'épaissit rapidement. Quelques verres plus tard, je m'endors avec Olio sur le canapé du salon en écoutant mon oncle et son ami boire et parler jusqu'à très tard dans la nuit.

Quand j'ouvre les yeux, les doigts roses de l'aube s'agrippent au ciel. Olio semble déjà debout depuis un moment. Il examine les livres qui tapissent les murs de la pièce. Herman et Marchand nous rejoignent un peu plus tard. On mange une bouchée, on reprend nos sacs et on sort tous les quatre. Après avoir renvoyé ses chiens dans leur enclos, Marchand nous serre la main et nous indique par où partir pour rejoindre les brûlis. Il nous regarde avec mansuétude, nous souhaite bonne chance et redescend le grand escalier pour aller à la rencontre de ses guetteurs qui arrivent au poste pour la journée. Dans les arbres autour, les oiseaux s'égosillent dans l'espoir de conjurer la brièveté de l'été.

Il y a ceux qui partent et il y a ceux qui restent, remarque alors Herman en retenant son émotion. C'est comme ça. Chacun son fardeau.

Olio s'avance vers lui pour le saluer. Mon oncle prend son visage entre ses mains épaisses et l'embrasse sur le dessus de la tête. Il se tourne ensuite vers moi.

Tu n'as pas de carabine ? Ne bouge pas, je vais te filer la mienne.

Ce n'est pas nécessaire. Et c'est trop lourd pour rien. Hesta nous a donné amplement de provisions.

Peut-être, me répond mon oncle, mais ça finit toujours par servir, tu le sais bien.

On s'est rendus au camp sans s'encombrer d'une arme, on devrait être bons pour atteindre la côte de la même façon.

Herman me fixe le regard tremblant, puis me serre dans ses bras. Je me laisse envelopper par sa force et sa chaleur.

Prends bien soin de ton gamin, murmure-t-il à mon oreille avant de faire un pas à reculons, de tourner les talons et de dévaler l'escalier pour aller rejoindre Marchand.

Quand Herman disparaît de notre vue, Olio et moi regagnons les bois, vers notre nouvelle destination. Olio trépigne. Moi, je redoute ce qui nous attend, car à mesure que nous nous éloignons, c'est surtout la possibilité de faire marche arrière qui s'évanouit.

MI-JOURNÉE

On marche parmi des plants de bleuets, des repousses de bouleaux, des souches noircies et des troncs ébranchés par le feu. Je me réhabitue progressivement au poids de mon sac. Mon genou tient le coup. Marchand nous avait prévenus. Il n'y a aucun sentier, ni route, ni infrastructure dans tout ce secteur. On avance à vue. Les mains agrippées à mes bâtons, je chemine derrière Olio qui trace aisément sa voie dans les broussailles. Je dois insister pour qu'on s'arrête de temps à autre, pour s'orienter.

Le soir, on campe sous la bâche. Les nuits commencent à être froides. Si je ne me réveille pas pour alimenter le feu, la rosée se dépose sur nous et se transforme en givre au petit matin. Pourtant ce midi, ce rappel de l'hiver semble irréel. On s'enfonce dans cette étendue désolée. Il fait chaud, le soleil dessine un grand arc au-dessus de nos têtes et, à chaque pas, des branches carbonisées se pulvérisent sous nos pieds. Nous surprenons une buse, perchée sur la branche d'un arbre calciné. Elle nous considère avec agacement, prend son envol et disparaît dans le ciel comme une flèche rousse. Plus loin, Olio repère l'entrée d'une tanière sous un tas de racines entremêlées. Celle d'un ours probablement. Malgré mes protestations, il s'avance pour y jeter un œil. Pendant un instant, je crains de voir une silhouette noire surgir en levant ses bras pesants au-dessus d'Olio. Mais, par chance, rien de tel ne se produit. Je le tire de là de force et le blâme d'être aussi téméraire. Il n'a que faire de mes remontrances et sonde distraitement l'horizon de ce paysage brûlé où point la dorsale des massifs.

APRÈS-MIDI

Les tourbières rendent notre progression laborieuse. Il faut contourner des zones marécageuses où affleurent des ronds huileux, des joncs et des racines en décomposition. On avance en équilibre sur de minces passages herbeux qui sortent la tête de la vase. Ici et là, il y a des troncs écimés. On dirait des silhouettes grises, des statues de marbre, les derniers piliers d'un monde déchu.

On fait une pause pour évaluer où nous en sommes. Assis côte à côte sur un petit talus, on mastique un morceau de dindon séché. La texture est agréable et le salage juste à point. Le goût réconfortant de la chair me rappelle aussitôt ma famille, avec son savoir-faire, sa rigueur et son royaume.

Des mouches grasses et insistantes volent autour de nous. Olio attire mon attention sur une fleur rouge en forme de trompette comme il y en a en quantité dans les environs.

Regarde, les mouches vont au fond et restent prisonnières. La fleur les mange.

En se penchant pour mieux voir, il accroche son sac et un revolver glisse dans l'herbe jaune.

Mais qu'est-ce que tu fais avec ça ?

C'est un souvenir de chez Marchand, fait-il en se retournant, je l'ai trouvé dans la chambre où Herman et lui dormaient, dans le tiroir de la table de chevet.

Un souvenir, vraiment ? dis-je exaspéré. Tu vas finir par te faire pincer. Et ce jour-là, ne compte pas sur moi pour prendre ta défense.

Olio s'offusque en me voyant ranger l'arme dans mon sac. Il s'énerve en clamant que je n'ai pas le droit, que c'est à lui, qu'il sait très bien s'en servir, que je suis aussi borné que mon oncle Darès.

L'envie de le corriger du revers de la main me saisit et mes nerfs tressaillent. Olio me fixe, prêt à tout puis, voyant que je ne bouge pas, il reprend son sac et s'éloigne. Je lève les yeux sur ces terres humides et inhospitalières. Une bande nuageuse couvre le lointain. Je me demande dans quoi je me suis lancé. Quel est cet endroit où nous allons. Et surtout ce que veut ce jeune entêté que j'essaie d'apprivoiser. Un héron avance entre les nénuphars tout près sans m'accorder la moindre importance.

En me relevant, mon genou me trahit et je perds l'équilibre sur une motte d'herbes. Mon pied s'enfonce dans l'eau vaseuse. À cause de la succion, je dois me démener pour le retirer. Je jure. Le héron s'envole. Une odeur fétide remonte à la surface alors que je repars à mon tour sous la chape sombre du ciel.

AVANT-MIDI

La pluie a commencé dès que nous avons atteint le pied des massifs. Chaque soir, on a beau faire sécher nos vêtements près du feu, impossible de se débarrasser de cette humidité crasse.

On zigzague le long d'une côte assiégée par les nuages. Plus on gagne en altitude, plus les arbres se multiplient et se resserrent. Je me faufile d'une brèche à l'autre entre des buissons et des talles de sapins. Les branches s'accrochent à mes vêtements, à mon sac. Je hèle Olio plusieurs fois, le sommant de m'attendre. J'avance avec obstination sur la pente abrupte en luttant contre l'emprise de ce maquis de petits conifères trapus. Je pense à la mouche au fond de la fleur carnivore en forme de trompette, puis je me démène pour m'extirper de là. Je suis en lambeaux et à bout de souffle quand je finis par retrouver Olio sur un cap rocheux. Il glousse en voyant l'état dans lequel je me trouve et on repart sous le crachin en longeant une arête rocheuse. On voit à peine devant nous. Sous nos pieds, des pierres déboulent dans des précipices invisibles. Pendant que j'avance avec circonspection pour ne pas glisser, Olio fredonne devant, en faisant corps avec le brouillard.

La pluie finit par cesser et la vue se dégage sous la brise. Nous sommes sur un des sommets arrondis des massifs, au beau milieu de buissons accrochés au sol avec une volonté inébranlable. D'un côté, on aperçoit l'étendue rousse des tourbières se fondre dans l'immensité cendreuse des brûlis. De l'autre, il y a des lacs par milliers. Même si on ne la voit pas encore, j'inspire en espérant percevoir l'odeur de l'air salin de la côte.

Nous redescendons de l'autre côté des massifs pour regagner les abîmes de la forêt en fin de journée. On contourne différents plans d'eau en tentant de garder notre cap avec la boussole. La nuit se fait bientôt sentir, mais Olio refuse de s'arrêter. Il me convainc de faire encore un bout à la lampe frontale. Je suis le petit faisceau lumineux qui perce l'obscurité en tirant de l'arrière. Je suis complètement vanné.

Il est tard. Installons-nous pour la nuit.

Non, me répond Olio, pas ici.

La noirceur m'enveloppe à mesure qu'il s'éloigne en enjambant des troncs morts. Je pousse un soupir d'exaspération et hausse le ton.

Ça suffit, arrête-toi immédiatement !

À ma grande surprise, Olio m'obéit. Je m'empresse de le rejoindre en me disant qu'il a probablement trouvé un endroit pour camper. Mais en arrivant à ses côtés, je m'immobilise à mon tour. À part les feuilles des peupliers qui bruissent au-dessus de nos têtes, la forêt est silencieuse. Entre deux bouquets de ronces, dans la lumière de la frontale, il y a une silhouette haute et grise, avec des yeux jaunes perçants. Un loup. J'imagine qu'il y en a d'autres autour.

Je souffle à l'oreille d'Olio qu'il vaut mieux s'éloigner. Celui-ci m'ignore et avance doucement. Je rage et l'exhorte à ne pas faire l'idiot. Le loup recule de quelques pas en voyant le garçon approcher et le regarde passer en pivotant imperceptiblement la tête. Je n'en reviens pas. Mais, dès qu'Olio lui tourne le dos, un éclair jaune fend la nuit. Le loup se jette sur lui. Je lâche un cri et fonce sur la bête en brandissant mes bâtons de marche. Mon genou flanche, je m'effondre au sol. Deux autres loups surgissent dans la noirceur. Ils nous encerclent. Olio marmonne quelque chose. Le revolver. Sans lâcher le regard des fauves braqués sur moi, je me dépêtre pour glisser une main dans mon sac, m'empare de l'arme et tire un coup vers le ciel.

Le claquement de la détonation ébranle la forêt. Les loups figent, hument le parfum de la poudre, reculent de quelques pas et regagnent le monde des ombres.

Olio se relève avec un calme saisissant. Mais il est tout pâle.

Ça va aller, dit-il en replaçant sa lampe frontale, je n'ai rien.

Olio ment. Il s'est fait mordre à la cheville. Les mains encore tremblantes, j'examine sa plaie. Ce n'est pas trop affreux. Il n'y a que la marque de deux crocs. Deux petits trous noirs qui lui traversent la peau. Comme une morsure de serpent. Je désinfecte le tout avec des lingettes d'alcool à friction, puis j'enroule sa cheville dans de la gaze.

On installe notre campement un peu plus loin, entre une paroi rocheuse et un étang fangeux. Je garde le feu en vie toute la nuit et scrute fiévreusement les alentours. Je revois sans cesse la scène. Olio qui s'avance. Le loup qui s'écarte, qui attend puis qui fonce sur lui. J'aurais dû réagir plus vite. J'aurais dû retenir Olio. J'aurais dû garder le revolver à portée de main.

Le lendemain matin, un halo rouge entoure la morsure d'Olio. Il grimace dès qu'il tente de bouger le pied. Il va avoir de la difficulté à marcher. On regarde les branches inclinées au-dessus des berges limoneuses sans rien dire. Je pense à ce qui reste de provisions dans mon sac. Nous en avons amplement. Nous pourrions facilement prendre quelques jours de repos.

Il n'en est pas question, me répond Olio en se relevant avec un aplomb un peu feint, si on veut se rendre sur la côte, il faut avancer.

SOIR

Olio boite, appuyé sur des bâtons que je lui ai trouvés. Mon genou aussi me fait mal. Nous claudiquons maintenant tous les deux. On marche toute la journée avant de céder à la fatigue et de s'installer sous la ramure d'un bouquet de jeunes cèdres.

Je déchausse Olio et retire la gaze. L'enflure est bien installée. Elle s'étend du talon au mollet. Je regarde sa jambe en essayant de rester impassible. Mais j'ai le vertige. Il va nous falloir des antibiotiques.

On mange des noisettes et une conserve de perdrix confite. C'est délicieux. Olio se dit ragaillardi. Il sort la carte et rêvasse en regardant les villages côtiers.

Ce soir-là, mon petit bonhomme s'endort blotti contre moi. Sa respiration est saccadée. Les braises du feu parlent à voix basse. C'est l'heure où la forêt change de visage. Le chuintement éraillé d'une effraie ébranle le silence. Dans le ciel, les nuages se suivent sans bruit, comme une harde de créatures inquiètes. Je me dis qu'il faudrait que j'aille chercher du bois, mais je me ravise et reste auprès d'Olio en espérant pouvoir le préserver de l'emprise de la nuit.

MATIN

Quand on repart le lendemain, Olio peine à progresser. Il sautille en s'arc-boutant sur ses bâtons. Je ferme les yeux un instant et inspire profondément. Après cela, mes gestes deviennent précis et rapides même si, à l'intérieur de moi, je sais que la forêt est sans issue.

Je vide mon sac au sol et fais le tri dans les provisions pour n'en garder que certaines. Olio me regarde sans comprendre ce que je fabrique. Je remarque que de profonds cernes sont apparus sous ses yeux. Je mets mon sac sur ma poitrine, m'agenouille et lui fais signe de grimper sur mon dos. Je me relève, m'empare de mes bâtons, incline le corps vers l'avant et repars en essayant de me laisser guider par mon regard.

Pendant la première partie de la matinée, Olio arrive malgré tout à s'agripper et, bien que mon genou élance, nous avançons d'un bon pas. Son menton est appuyé sur mon épaule. Je sens son souffle sur mon oreille.

Tu sais, murmure-t-il, je ne mens ni ne vole. Je fais simplement ce que je peux pour sortir du bois. J'imagine les villages sur la côte, avec leurs éoliennes et la lumière qui brille dans les maisons le soir. Je sais, je sais que tu es triste qu'on ait quitté ta famille. Mais moi je n'ai pas besoin de personne. À part de toi.

Sa voix est faible et, à mesure que nous cheminons, sa tête se balance d'un côté ou de l'autre, ses mains se desserrent et ses bras glissent le long de mon corps. Je m'accroupis et l'assois sur un tapis de fougères.

Il dit qu'il a froid. Je veux l'étreindre, mais il tombe doucement sur le côté. C'est la fièvre. J'examine sa cheville. L'enflure et la rougeur remontent jusqu'à sa cuisse. Les marques de la morsure sont à peine visibles sur sa jambe gonflée. Je renverse la tête en arrière. Anéanti, je voudrais tomber sur une cabine téléphonique, un taxi ou l'entrée d'un hôpital. Une brise fait tressaillir les herbes et je sors de ma torpeur. Je trouve deux longues branches et fabrique un brancard de fortune avec ma bâche et de la corde. J'y installe Olio et en profite pour lui donner un peu à boire. L'eau dégouline sur son menton. Il grelotte. Je l'enveloppe dans sa couverture de survie, empoigne le brancard et traîne Olio sur l'humus épais de la forêt. Il gémit quand on achoppe sur une souche ou une pierre. Je lui dis de bien se tenir, de me faire confiance et je hale, je sue, je souffle en fuyant en avant.

APRÈS-MIDI

On arrive à un lac. Il est d'une bonne dimension et je suis découragé en pensant qu'il faudra le contourner demain. Je dépose le brancard, à bout de forces. Mon genou veut exploser. Derrière une ligne de quenouilles, il y a une plage de gravier. J'installe Olio confortablement sur la berge et rassemble du bois pour faire le feu. Il râle un peu, mais sa respiration semble s'être calmée.

Il ne vente pas. La fumée serpente dans le ciel limpide. Bien haut, au-dessus de nous, il y a aussi un mince croissant de lune, blanc et livide. Je me penche vers mon jeune compagnon. Ses mains sont moites. Ses joues sont bouillantes. Il entrouvre les yeux en sentant ma présence.

Ne lâche pas, lui dis-je en collant mon front au sien, reste avec moi. Je vais trouver une solution. En attendant, ménage-toi et dors, je te réveillerai demain au moment de partir.

Le crépitement du feu scinde le silence en morceaux. Le jour s'efface tranquillement. Le lac est un miroir profond. Quand les premières étoiles se montrent, la forêt n'est plus qu'une ligne hachurée à cheval entre deux mondes cristallins.

À part continuer notre route, je ne sais pas ce qu'on peut faire. On est seuls au monde ici et Olio a besoin de médication. On n'aurait jamais dû partir du camp.

Un grésillement sourd me fait alors sourciller. Le son s'amplifie. Il vient dans notre direction. Je me redresse. C'est le bruit d'un moteur à hélices. Dans les franges du soir, un avion apparaît au-dessus des montagnes. Des indicateurs lumineux clignotent sur ses ailes. Le bourdonnement du moteur est irrégulier. L'engin approche en toussotant, s'aligne face au lac et amerrit brusquement. Ses flotteurs soulèvent une puissante onde de choc en frappant la surface.

Je suis debout sur la grève, pantois. Des vagues s'échouent à mes pieds. Je peine à croire ce que je vois.

Je prends la couverture argentée d'Olio et l'agite du bout des bras. L'hydravion glisse doucement jusqu'à notre rivage. Le moteur crachote de manière inquiétante avant de se taire. L'hélice s'immobilise lentement. Je borde Olio de nouveau en lui disant de tenir le coup et je remets une bonne brassée de bois dans le feu. Nous sommes sauvés.

Une porte s'ouvre dans l'étroit cylindre de tôle jaune. Deux silhouettes en sortent. Un homme et une femme. Ils examinent les alentours et nous saluent d'un signe de tête. Ils échangent quelques paroles, dans une autre langue. L'homme s'adresse finalement à moi avec un fort accent. Ils veulent savoir si le jeune garçon va bien.

Il a été mordu, dis-je promptement, il a besoin d'antibiotiques. S'il vous plaît, emmenez-nous avec vous.

On a des problèmes de moteur, répond l'homme contrarié.

Je suis mécanicien.

Il traduit à sa compagne. Celle-ci me toise avec de grands yeux en prononçant une courte phrase.

Elle fait dire qu'on devrait s'entendre, reprend l'homme.

Je le coupe et, la voix lézardée par l'émoi, je lui demande où ils se rendent.

Sur la côte, précise-t-il, c'est à moins d'une heure de vol.

La nuit est étendue de tout son long sur le lac. Les deux acolytes s'approchent du feu en mangeant une barre protéinée.

Tu as entendu, soutiens-je en me tournant vers Olio, on va s'envoler vers la côte.

Mais il dort toujours, secoué de temps à autre par une toux grasse. La femme l'observe d'un œil inquiet. Je pointe l'hydravion en insistant pour m'y mettre tout de suite. La femme acquiesce. L'homme s'empresse alors de sortir un coffre à outils et une lampe de poche de l'appareil.

À partir de ce moment, tout mon être est absorbé par la tâche. Le temps presse. Olio ne tiendra pas indéfiniment comme ça. Je défais les panneaux qui se referment autour du moyeu de l'hélice. Je jette un coup d'œil à l'ensemble de l'engin. Le jaune fané de la carlingue, les taches de rouille sur les ailes et le tapis d'algues collées aux flotteurs révèlent que cet appareil n'avait pas bougé depuis longtemps. J'examine le moteur. C'est un vieux modèle, avec de larges pistons disposés en cercle.

C'est à cause de la mauvaise qualité de l'essence, finis-je par conclure. Comme partout. Mais on peut toujours décrasser le système d'injection. Ça ne peut pas nuire.

L'homme traduit à la femme. Celle-ci m'invite à procéder et m'éclaire tout en me surveillant de près. Je défais les durites de carburant, déboulonne les ancrages, force légèrement une pièce qui gêne le passage et parviens à sortir la pompe à injection. Je la confie à la femme qui la garde entre ses mains comme un cœur encore chaud.

On s'installe sur une grande pierre plate et, sous le faisceau fatigué de la lampe de poche, on démonte la pompe morceau par morceau. On les frotte et les lave avec un reste de dégraisseur en aérosol récupéré dans l'avion. Quand arrive le temps de remonter la pompe en un seul bloc, il nous manque une pièce. On fouille l'endroit. On vide nos poches. Rien. Je panique. Sans ce petit morceau de métal, tout est fichu.

La femme le retrouve miraculeusement au milieu de la pierraille de la grève. Je soupire de soulagement, pose la pièce, resserre les boulons et remets la pompe à sa place, dans les entrailles du moteur. Derrière nous, à l'est, le ciel étoilé commence à se faire consumer par le jour.

Je ravive le feu pour ne pas qu'Olio souffre du froid matinal. Aussitôt que le soleil émerge au-dessus de l'horizon, la femme s'installe aux commandes de l'hydravion et teste le moteur. Celui-ci rugit, claque, éructe, puis se remet miraculeusement à ronronner normalement.

La femme se colle aux petits carreaux vitrés à l'avant de l'appareil et lève les pouces en l'air.

Allez, dit l'homme derrière moi, dépêchez-vous, on y va.

Je cours vers Olio et le prends dans mes bras en lui soufflant de tenir, que d'ici une heure nous serons sur la côte. Que là-bas, c'est certain, on trouvera des antibiotiques. Mais Olio est inconscient. Ses vêtements sont imbibés de sueur froide et il n'a plus aucun tonus. On dirait que je porte un pantin désarticulé. Je me hâte en boitant vers l'avion. Le soleil projette mon ombre sur la grève, mais étrangement je ne vois pas dépasser les membres d'Olio. Comme si la lumière les traversait de part en part. Je l'embarque dans l'appareil avec précaution. La carlingue est plus petite qu'elle en a l'air. Je parviens à l'installer en évitant que sa jambe ne heurte quoi que ce soit. Les deux compères semblent ahuris en voyant son visage blême et ses yeux révulsés. Ils échangent un regard perplexe et enfilent leurs casques d'écoute.

Quelques instants plus tard, l'engin tremble en s'éloignant de la grève. Je vois le brancard vide et le feu qui boucane faiblement. Puis la pilote ouvre les gaz, les pales de l'hélice mangent l'air et nous sommes aspirés vers l'avant. Par le hublot, les arbres défilent de plus en plus rapidement. J'empoigne fermement les mains glaciales d'Olio. Le moteur vrombit. On accélère, mais on dirait qu'on tarde à décoller. Le nez de l'avion finit par pointer le ciel, les flotteurs se détachent du plan d'eau et on évite de justesse le mur des arbres qui se dressaient devant nous.

Nous voilà dans les airs. L'appareil effectue un grand virage en prenant de l'altitude. En bas, la forêt n'est plus qu'un mince tapis en bas-reliefs, constellé d'une myriade de lacs éclatants.

Je sens mon corps se relâcher à mesure qu'on s'élève. J'ai même l'impression de voir les lèvres bleuâtres d'Olio esquisser un sourire.

Une légère variation dans le bourdonnement du moteur attire mon attention. Je tends l'oreille. Ce ne sont probablement que des soubresauts dus aux changements de pression atmosphérique.

Les yeux de la pilote se promènent sur les cadrans du tableau de bord. Nos sièges vibrent sous les secousses et notre petit oiseau de tôle trace une ombre gracile sur le tissu des arbres.

Le paysage s'étend comme on déplie une carte topographique. Nous traversons le ciel en tirant le jour avec nous. Je m'émerveille de ce spectacle inespéré, inattendu. Olio, lui, est avachi. Son corps cireux ne semble plus lui appartenir. Un filet de salive coule à la commissure de ses lèvres. Je le regarde en refusant de voir. Je l'embrasse. Je l'étreins. Je m'affole. Il faut qu'il lutte encore. Nous y sommes presque. Sans son regard qui palpite à mes côtés, je ne suis rien. C'est lui ma destination.

L'avion cahote de plus en plus. Ça m'inquiète. Je revois toutes les pièces de la pompe à essence que nous avons démontées, frottées puis replacées. Ça ne peut pas être ça.

Je tente d'avertir la pilote, mais le vacarme du moteur emporte ma voix en sautant quelques battements.

Je jette un coup d'œil par le hublot. Je reste médusé en apercevant la ligne bleue de la mer au loin, bordée par des vallons recouverts d'éoliennes. Je secoue Olio pour qu'il voie lui aussi, mais son corps s'incline mollement vers l'avant. Je le rattrape de justesse. Au même moment, le moteur crachote lourdement, s'étrangle puis se tait. La pilote et le type figent comme s'ils étaient pétrifiés sur leurs sièges. On n'entend plus que l'air siffler sur la fragile carlingue de métal. L'hélice arrête de tourner. Entre la forêt et le ciel, l'avion plane en perdant de l'altitude.

Et je serre mon fils contre moi de toutes mes forces.

REMERCIEMENTS

L'auteur tient à remercier le Conseil des Arts du Canada et le Conseil des Art et des Lettres du Québec ainsi que Mylène Bouchard, Simon Philippe Turcot, Paul Kawzack, Brigitte Caron, Antoine Joie, Nicolas Rochette, François Lamarche, Lisa Liautaud, Huguette Guay, Réjean Guay, Nicole Guay, Alain Guay, Michel Guay, Michel Genest, Pauline Mulin, Maude-Hélène Desroches, Véronique de Broin, Diane Cormier, Jonathan Cormier, Josée Beaudet et Lucie Dumont.

DANS LA MÊME COLLECTION
FICTIONS

BOUCHARD, Mylène, *Ma guerre sera avec toi*, 2006
BOUCHARD, Mylène, *La garçonnière*, 2009; 2013; 2020
BOUCHARD, Mylène, *Ciel mon mari*, 2013
BOUCHARD, Mylène, *L'imparfaite amitié*, 2018
BOUCHARD, Sophie, *Cookie*, 2008
BOUCHARD, Sophie, *Les bouteilles*, 2010
BOUCHET, David, *Soleil*, 2015
CANTY, Daniel, *Wigrum*, 2011
CARON, Jean-François, *Nos échoueries*, 2010
CARON, Jean-François, *Rose Brouillard, le film*, 2012
CARON, Jean-François, *De bois debout*, 2017
DECHAMPLAIN, Virginie, *Les falaises*, 2020
DESJARDINS, Antoine, *Indice des feux*, 2021
DESCHÊNES, Marjolaine, *Fleurs au fusil*, 2013
DROUIN, Marisol, *Quai 31*, 2011
GAGNÉ, Mireille, *Le lièvre d'Amérique*, 2020
GUAY-POLIQUIN, Christian, *Les ombres filantes*, 2021
KAWCZAK, Paul, *Ténèbre*, 2020
LAVERDURE, Bertrand, *Bureau universel des copyrights*, 2011
LAVERDURE, Bertrand, *La chambre Neptune*, 2016
LEBLANC, Suzanne, *La maison à penser de P.*, 2010

LÉTOURNEAU, Sophie, *Chasse à l'homme*, 2020

LÉVEILLÉ-TRUDEL, Juliana, *Nirliit*, 2018

MARCOUX-CHABOT, Gabriel, *La Scouine*, 2018

Mc CABE, Alexandre, *Chez la Reine*, 2014

Mc CABE, Alexandre, *Une vie neuve*, 2017

NASRALLAH, Dimitri, *Niko*, 2018
(traduit de l'anglais par Daniel Grenier)

NASRALLAH, Dimitri, *Les Bleed*, 2019
(traduit de l'anglais par Daniel Grenier)

TANNAHILL, Jordan, *Liminal*, 2019
(traduit de l'anglais par Mélissa Verreault)

THÉORET, France, *Les querelleurs*, 2018

TREMBLAY, Larry, *Tableau final de l'amour*, 2021

TUCKER, Aaron, *Oppenheimer*, 2020
(traduit de l'anglais par Rachel Martinez)

VERREAULT, Mélissa, *Voyage léger*, 2011

VERREAULT, Mélissa, *Point d'équilibre*, 2012

VERREAULT, Mélissa, *L'angoisse du poisson rouge*, 2014

VERREAULT, Mélissa, *Les voies de la disparition*, 2016

VILLENEUVE, Mathieu, *Borealium tremens*, 2017

La Peuplade a été fondée
par Mylène Bouchard
& Simon Philippe Turcot.

Design graphique et mise en page
Atelier Mille Mille

Direction littéraire
Mylène Bouchard

Édition
Mylène Bouchard & Paul Kawczak

Révision linguistique
Pierrette Tostivint

Correction d'épreuves
Marc-Antoine Gilbert

•

Illustration en couverture
Stéphane Poirier

Les ombres filantes a été mis en page
en Lyon, caractère dessiné par Kai Bernau
en 2009 et en Din Next, caractère dessiné
par Akira Kobayashi en 2009.

Achevé d'imprimer en France
par CPI en juin 2021.

No. d'impression : 2057498